LE GRIZZLY

JAMES OLIVER CURWOOD

LE GRIZZLY

Traduit de l'anglais (États-Unis)
par Jean d'Agraives et Gil Hérel

Illustrations :
Victor de La Fuente

Rédaction des notes : Philippe Rouet

L'édition originale de cet ouvrage
a paru, en 1916, en langue anglaise
sous le titre
THE GRIZZLY KING.

1

Le monarque et son domaine

Silencieux et immobile comme un grand roc teinté de roux, Tyr laissait errer son regard sur l'étendue de son domaine.

Il n'avait pas la vue perçante ; les grizzlys ont des yeux trop petits et trop écartés pour bien voir.

À une distance de huit cents mètres, il eût certes pû distinguer une chèvre alerte des Rocheuses ou bien un mouton de montagne ; mais, au-delà de huit cents mètres, le monde pour lui n'était qu'un vaste mystère, un brouillard léger de soleil ou bien un rideau de ténèbres.

Grâce à Dieu, pour sa sauvegarde, son ouïe très fine, son odorat particulièrement développé lui permettaient d'estimer à coup sûr ce qui se passait hors de son champ de vision.

S'il se tenait présentement immobile, c'est que montait de la vallée et lui parvenait aux narines une senteur inhabituelle, une odeur qui ne s'associait avec aucun de ses souvenirs et qui le troublait étrangement.

En vain son esprit lent de bête sauvage cherchait à comprendre.

Cette odeur n'était sûrement pas celle d'un caribou... Ce n'était pas non plus celle d'une chèvre ou d'un mouton. Encore moins celle d'une marmotte paresseuse et grasse se chauffant au grand soleil sur un rocher.

Les marmottes constituaient sa nourriture favorite.

Non, c'était un fumet bizarre qui somme toute ne l'irritait pas, ne l'effrayait pas, mais lui inspirait de la curiosité. Pourtant il ne s'était pas mis en quête de son origine. Une prudence le retenait.

Si Tyr avait eu le pouvoir de distinguer clairement les choses, même à une distance de trois kilomètres, ses yeux ne l'eussent pas renseigné sur l'origine de cette odeur apportée par le vent depuis le fond lointain de la vallée.

Il s'était arrêté au bord d'un petit plateau en cuvette, creusé au flanc de la montagne, et qui s'évasait, verdoyant, à la sortie d'un col escarpé.

En ce début de juillet, ce plateau était tapissé d'herbe douce parsemée de fleurs : violettes pâles, myosotis, jacinthes et ancolies sauvages.

Au centre, s'étalait une mare de boue liquide où Tyr aimait à patauger toutes les fois que ses pattes lui faisaient mal.

À l'est, à l'ouest et au nord, s'étageaient les hauts contreforts si grandioses des montagnes Rocheuses, dont la rudesse s'atténuait sous la caresse du soleil.

Du haut en bas de la vallée un murmure berceur provenait des brèches entre les grands pics, des crevasses sinueuses, des éboulis monstrueux, et de dessous les neiges éternelles. C'était la musique des eaux.

Les trilles[1] des sources brodaient gaiement sur le chant allègre des ruisseaux, se mêlaient au cœur des cascades.

Dans l'air flottaient de chauds parfums.

Juin et juillet se mariaient. Fin de printemps, début d'été : la terre éclatait de verdure.

Les premières fleurs éclaboussaient de taches violettes, rouges, jaunes ou pourpres, le flanc ensoleillé des monts. Et tout ce qui vivait chantait : les marmottes à l'entrée de leur trou, les loirs pompeux sur leurs terriers, les gros bourdons butinaient de fleur en fleur, les éperviers planaient dans la vallée et les aigles au-dessus des pics.

Oui, Tyr lui-même avait chanté en pataugeant dans la boue tiède quelques instants auparavant. Ce n'était ni un rugissement, ni un grognement, ni une plainte. C'était une sorte de ronron qu'il émettait toutes les fois

1. Mélodie composée de battements rapides et ininterrompus.

qu'il avait lieu d'être content. Les ours chantent comme ils peuvent ! Mais cette odeur mystérieuse avait soudain troublé pour lui la paix de ce jour idéal.

Immobile, il flairait le vent.

Elle l'intriguait, cette odeur, elle l'inquiétait sans pourtant l'alarmer vraiment. Et il y était aussi sensible qu'un enfant à un aliment qu'il mange pour la première fois.

Enfin un grondement de menace roula comme un tonnerre lointain dans les profondeurs de sa poitrine.

Monarque absolu sur son domaine, il avait fini par comprendre qu'il ne devait pas tolérer l'intrusion de cette odeur dont il ignorait la nature et dont le possesseur n'était pas soumis à sa souveraineté.

Il se souleva lentement, se dressa de toute sa taille puis s'assit sur son arrière-train, croisant ses pattes formidables de devant contre sa poitrine.

Depuis dix ans qu'il était né et vivait dans la montagne, jamais il n'avait flairé une odeur semblable. Il la défia et l'attendit, sans se cacher, sûr de sa force.

Il était de taille monstrueuse, musclé comme l'étaient ses ancêtres redoutables, d'un beau gris doré sous le soleil.

Ses avant-bras avaient l'épaisseur d'un tronc d'arbre ; les dix plus longues de ses griffes étaient des poignards acérés. Ses deux canines supérieures étaient aiguës comme des pointes de stylet[1] et, entre ses

1. Poignard à lame mince et très pointue.

mâchoires puissantes, il pouvait broyer sans effort le cou d'un caribou robuste.

Comme la plupart des grizzlys, il ne tuait pas pour le plaisir. Dans une horde de caribous, il choisissait une seule victime et la dévorait entièrement jusqu'à la moelle du dernier os.

C'était un monarque paisible.

Il n'imposait qu'une seule loi : « Laissez-moi vivre ! »

Et son attitude exprimait impérieusement cette loi, tandis qu'assis sur son arrière-train il flairait cette odeur étrange !

Par sa force massive, sa solitude et son autorité, il était semblable à la montagne. Il n'avait pas plus de rivaux sur son territoire de chasse qu'elle n'en avait dans le ciel.

Nul n'avait jamais osé contester ses droits à la domination de la nature sauf d'autres ours. Avec de pareils adversaires, Tyr s'était battu loyalement plus d'une fois en des duels à mort.

Il était tout prêt à combattre de nouveau quiconque refuserait de se plier à sa volonté sur l'étendue de son domaine. Jusqu'au jour où il serait vaincu, il était dictateur, arbitre ou despote[1], comme il lui plaisait.

Sa dynastie régnait, depuis des milliers d'années peut-être, sur les riches vallées et les pentes vertes. Il

---

1. Souverain gouvernant avec une autorité arbitraire et absolue.

était roi de droit divin, seigneur souverain de son fief[1], et il prouvait sa maîtrise par la force, ouvertement, sans ruse ni stratégie.

Il était détesté et craint ; mais il ne détestait personne et ne connaissait pas la peur. Au surplus, il était loyal. C'est pourquoi il pouvait attendre, de pied ferme et sans émotion trop apparente, l'être vivant et inconnu qui s'avançait dans sa direction et dont l'odeur lui parvenait des profondeurs de la vallée.

Néanmoins, tandis qu'il humait toujours l'air de son nez brun si sensible, un vague instinct héréditaire se réveillait confusément en sa conscience obscure.

Bien qu'il perçût cette odeur pour la première fois, il commençait à avoir une certitude : l'être vivant dont elle émanait ne pouvait lui être que nuisible.

Pendant dix minutes, Tyr garda une immobilité de pierre ; puis le vent changea quelque peu, et l'odeur s'atténua pour se dissiper progressivement.

Tyr souleva ses oreilles plates. Il tourna son énorme tête, lentement, afin d'embrasser d'un regard la pente verdoyante et la petite plaine en forme de cuvette.

L'odeur étrange était déjà oubliée, maintenant que l'air parfumé n'en gardait pas trace.

Tyr retomba sur ses quatre pattes et commença sa chasse aux loirs.

Comme il était comique, lui qui pesait huit cents

---

1. Domaine réservé tout entier à un maître (par référence à la société médiévale).

kilos, de se donner autant de mal pour capturer des bestioles de dix centimètres de longueur !

Et pourtant Tyr n'hésitait pas à creuser pendant plus d'une heure avec énergie, pour pouvoir savourer enfin un loir, friandise suprême !

Il découvrit un trou situé à sa convenance et se mit à gratter la terre comme un chien.

Il était au sommet d'une pente.

Une ou deux fois peut-être, au cours de la demi-heure qui suivit, il leva la tête et flaira... mais l'odeur qu'avait apportée le vent venu de la vallée ne polluait plus l'air léger !

2

Langdon

La haute futaie s'éclaircissait. La vallée s'élargit soudain. Alors, Langdon arrêta son cheval, fit entendre un clappement de langue, signe chez lui du plus vif plaisir, passa la jambe droite par-dessus le pommeau[1] de bois de sa selle et attendit tranquillement.

À deux ou trois cents mètres derrière lui, Bruce, encore masqué par les sapins, avait des difficultés avec « Poêle-à-frire », une jument de bât[2] fort peu disciplinée. Jim Langdon sourit joyeusement en entendant vociférer son camarade, qui menaçait de rosser l'animal rétif.

---

1. Partie renflée à l'avant de la selle.
2. Jument qui, au moyen d'une selle grossière sur le dos, transporte de lourdes charges.

Le vocabulaire imagé dont Bruce se servait pour décrire les châtiments qu'il promettait aux bêtes récalcitrantes faisait le bonheur de Langdon, car son brave compagnon n'eût jamais gratifié d'un coup de bâton cette peste de « Poêle-à-frire », même s'il lui avait pris fantaisie de se rouler dans la boue avec son chargement.

L'un après l'autre, les six chevaux sortirent de la futaie. Bruce montait le dernier des six.

Il était assis sur sa selle comme un pantin dont quelques ficelles se seraient cassées, attitude qu'il avait acquise à voyager dans la montagne, parce qu'il avait quelque peine à répartir gracieusement son corps maigre sur le dos efflanqué de sa monture.

Dès qu'il parut, Langdon mit pied à terre et se tourna vers la vallée.

Les poils courts de sa barbe blonde, une barbe d'homme qui a coutume de se raser, ne cachaient pas le hâle de son visage, résultat de cinq semaines passées en plein air dans la montagne.

Il avait ouvert le col de sa chemise, montrant son cou bronzé par le soleil et le vent.

Ses yeux perçants étaient gris-bleu, et il fouillait le paysage qui s'épanouissait devant lui avec l'ardente expression du chasseur-né, ou bien encore de l'explorateur de terres vierges.

Il pouvait avoir trente-cinq ans, passait une partie

de sa vie dans le *Far North*[1] encore désert, et l'autre à décrire dans des livres ses impressions de voyageur et d'amoureux de la nature.

Bruce, son compagnon, guide et ami, était de six mois son cadet, et d'une taille inférieure à la sienne. Mais Bruce contestait à Jim cet avantage et ne ratait pas une occasion de dire :

« Dame, j'ai pas fini de grandir ! »

Il rejoignit Jim en redressant son corps de pantin cassé.

Jim, d'un geste expressif, désigna l'espace devant lui.

« As-tu jamais vu quelque chose qui vaille cela ? demanda-t-il.

— Beau pays, acquiesça le guide... et un chic endroit pour camper. Il doit y avoir du caribou dans ces parages, et de l'ours. Nous avons besoin de viande fraîche. Passe-moi une allumette, veux-tu ? »

C'était une habitude chez eux d'allumer, toutes les fois qu'ils le pouvaient, leurs pipes avec une seule allumette.

Ils accomplirent donc gravement ce rite en étudiant le paysage.

Tandis que Langdon exhalait les premières bouffées de fumée odorante, Bruce désigna d'un signe de tête la futaie placée maintenant derrière eux.

« Chic endroit pour planter sa tente, je t'assure, dit-

1. Grand Nord (en anglais).

il. Du bois sec, de l'eau courante... et des sapins. On pourrait lâcher les chevaux dans la petite clairière que nous venons de traverser. L'herbe à buffle y est haute en diable... »

Jim regarda sa montre.

« Il n'est que trois heures... on devrait peut-être continuer un peu. Mais si tu as envie de rester ici, arrêtons-nous deux ou trois jours et voyons ce que le pays contient. Ça te va ?

— Et comment ! » fit Bruce.

Il se laissa choir sur le sol, se cala le dos à un roc, et braqua une longue-vue de cuivre, relique datant au moins de la guerre de Sécession[1], en l'appuyant sur ses genoux.

Jim Langdon décrocha de sa selle une jumelle prismatique[2] achetée très cher à Paris.

Ensemble, épaule contre épaule, ils se mirent à étudier les pentes boisées et les déclivités[3] vertes de la montagne.

Ils étaient sur le territoire du gros gibier, dans le pays que Jim appelait « l'inconnu » et qu'à son avis aucun Blanc n'avait foulé avant eux.

C'était une contrée tourmentée où chaque vallée s'encaissait entre des chaînes très escarpées. Il leur

---

1. Guerre civile qui opposa les états du Nord des États-Unis à ceux du Sud, de 1861 à 1865, à cause de l'esclavage des Noirs.
2. Qui contient un ou plusieurs prismes optiques, permettant la vision éloignée.
3. Pentes.

avait fallu vingt jours d'ascension, de marches forcées pour parcourir cent cinquante kilomètres environ.

L'après-midi même, ils avaient franchi la passe[1] du Divide, qui semble fendre le ciel d'est en ouest, et ils contemplaient maintenant les pentes et les pics prestigieux de la chaîne du Firepan[2].

Ils avaient quitté le 10 mai les avant-postes situés à l'extrême nord de la civilisation, et on était le 30 juin. Ils avaient enfin réussi à atteindre un territoire vierge ! Jamais chasseur ni prospecteur[3] n'avait foulé cette vallée.

Elle s'étendait, mystérieuse, pleine de promesses, devant eux.

Jim, au moment de percer cette énigme et de soulever le coin du voile, sentait en lui naître une joie profonde.

Pour son ami et camarade, le bon guide Bruce, avec lequel Jim s'était enfoncé déjà cinq fois dans les déserts du nord, toutes les vallées, toutes les montagnes étaient à peu près semblables. Il était né au milieu d'elles, y avait vécu, et il y mourrait.

Bruce rompit d'un brusque coup de coude la contemplation de Jim.

« Je vois la tête d'un caribou... dans une échancrure

---

1. Sentier étroit par lequel passent les animaux.
2. Chaîne montagneuse au nord des Rocheuses.
3. Chercheur d'or.

de rocher à environ deux kilomètres ! annonça-t-il sans quitter l'oculaire[1] de sa longue-vue.

— Et moi, j'aperçois une chèvre et ses chevreaux sur l'éboulis de la première montagne à droite, répliqua Langdon. Et, ma parole, voilà un bouquetin au sommet d'un piton de grès rouge ! Il a une barbiche aussi belle que celle de ce brave Oncle Sam[2] ! Bruce, c'est un paradis que nous avons découvert !

— Ça m'en a tout l'air, accorda Bruce en repliant ses jambes pour mieux appuyer sa lorgnette. S'il n'y a pas d'ours par ici, je veux bien qu'on me coupe la main... »

Pendant cinq minutes, ils se turent. Derrière eux, leurs chevaux broutaient l'herbe épaisse.

La musique de l'eau berçait les deux compagnons et la vallée, sous un océan de lumière, semblait dormir, somnoler plutôt. Elle était pareille à un grand chat qui se fût chauffé au soleil, et qui ronronnait doucement.

Jim continuait à observer le bouquetin lorsque Bruce parla de nouveau :

« J'aperçois un grizzly, mon vieux, et un fameux », dit-il sans se départir de son calme.

Jim se dressa en sursaut :

« Où ça ? » demanda-t-il.

1. Lentille près de laquelle on applique l'œil.
2. Expression employée pour désigner ironiquement les États-Unis.

Il se pencha pour évaluer la direction de la longue-vue avec un frisson de plaisir.

« Tu vois cette espèce de pente verte sur le deuxième épaulement[1] ; au-delà du ravin, là-bas ? expliqua Bruce, un œil fermé, l'autre toujours à l'oculaire. Le grizzly est à mi-hauteur en train de chasser le loir... Tu ne vois pas ? »

Jim braqua ses jumelles sur la pente et, l'instant d'après, il poussa une exclamation :

« Eh bien, mon vieux !

— Tu le vois ?

— Je le distingue comme s'il était à quatre mètres de mon nez... C'est le roi de tous les grizzlys qui hantent les montagnes Rocheuses !

— Si ce n'est lui, c'est donc son frère ! déclara le guide. Je n'en ai jamais vu d'aussi grand. Écoute, veux-tu que je te dise... »

Bruce s'arrêta de parler afin d'extraire une énorme chique[2] de sa poche, et il mordit dedans sans quitter sa lorgnette...

« Veux-tu que je te dise..., reprit-il. Eh bien, le vent étant en notre faveur, ce gros grizzly se soucie de nous comme d'une guigne ! »

Il décroisa ses jambes et se leva, prenant son temps. Jim était déjà debout.

En pareilles circonstances, il y avait entre eux une

1. Pente plus faible entre deux pentes plus fortes.
2. Morceau de tabac que l'on mâche.

entente, une compréhension tacites qui rendaient les mots inutiles. Ils ramenèrent leurs huit chevaux à la lisière de la futaie et les attachèrent. Puis ils sortirent leurs courtes carabines des fontes[1] de cuir et les chargèrent en glissant dans le magasin douze cartouches, par précaution.

Après quoi, pendant deux ou trois minutes, ils étudièrent à l'œil nu la pente, où l'ours continuait à chasser le loir, et les différents moyens de l'approcher.

« Nous pourrions peut-être nous glisser par le ravin », suggéra Jim.

Bruce approuva :

« Oui, ça vaut mieux. Nous serons à trois cents mètres de lui avant qu'il ait pu nous flairer... Il nous sentirait, il y a des chances, si nous montions juste derrière lui

— On l'aura.

— Peut-être. »

Ils s'engagèrent sans se cacher dans les prairies d'herbes vivaces. Tant qu'ils ne seraient pas à moins de huit cents mètres du grizzly, celui-ci ne pouvait pas les voir. Le vent d'ailleurs avait tourné et leur soufflait dans la figure.

Leur marche rapide devint bientôt une espèce de pas de gymnastique, et ils se mirent à côtoyer le bas

1. Poches de cuir attachées de part et d'autre de l'arçon de la selle pour y placer des armes à feu.

de la pente, de telle sorte que, pendant un petit quart d'heure, un boqueteau leur cacha l'ours.

Dix minutes plus tard, ils étaient à l'entrée même du ravin. En réalité, ce ravin n'était qu'une crevasse, une rigole creusée dans la montagne par le passage d'une cascade printanière, tarie après la fonte des neiges.

Bruce dit à voix très basse :

« C'est toi qui vas monter, Jim... Cet ours ne peut faire que deux choses, trois au maximum si tu le rates ou si tu ne le blesses que légèrement. Ou bien il te cherchera noise[1]... ou bien il filera par le col... ou bien il dévalera la pente pour s'enfuir par la vallée. Nous ne pouvons pas l'empêcher de se défiler par le col. S'il t'attaque, tu n'as qu'à te laisser glisser le long du ravin. Tu iras toujours plus vite que lui. Mais j'ai une vague intuition qu'il se défilera par ici si tu ne l'as pas du premier coup ! C'est pourquoi, moi, je vais l'attendre... Bonne chance, vieux Jim, et à bientôt ! »

Sur ce, Bruce alla s'embusquer derrière un rocher d'où il pouvait surveiller le grizzly.

Et Jim, s'agrippant des mains et des pieds aux aspérités, s'aidant des coudes et des genoux, commença son ascension.

---

1. Querelle.

3

Tyr

De tous les hôtes de cette vallée endormie, Tyr était le plus occupé. S'il dormait, d'octobre à avril, c'est-à-dire tout l'hiver, sans interruption, et si, d'avril à mai, il se permettait encore fréquemment de faire la sieste en se chauffant au grand soleil sur un rocher, il déployait, sans fermer l'œil, plus de quatre heures sur vingt-quatre, une activité formidable.

Il était fort occupé lorsque Jim Langdon commença son ascension du ravin.

Il venait juste de réussir à capturer un loir grassouillet dont il n'avait fait qu'une bouchée, et il terminait son repas en avalant quelques limaces et en happant avec sa langue des fourmis rouges au goût de poivre qu'il dénichait en retournant de grosses pierres avec ses pattes.

Quatre-vingt-dix pour cent des ours sont gauchers. Tyr était droitier. Il en tirait un avantage dans la lutte, la pêche et la chasse, car la patte droite d'un grizzly est bien plus longue que la gauche.

Tout en furetant de-ci, de-là, Tyr s'avançait vers le ravin. Sa grosse tête se balançait à quelques centimètres du sol.

À courte distance, sa vue avait de l'acuité[1], et ses nerfs olfactifs[2] étaient d'une telle sensibilité qu'il eût pu, même aveugle, attraper facilement une fourmi rouge.

Il choisissait de préférence les pierres plates. Sa formidable patte aux longues griffes était adroite comme une main !

Sitôt la pierre soulevée, il reniflait, dardait sa langue rouge et râpeuse, une fois, deux fois, et passait à la pierre suivante. Il prenait sa tâche au sérieux, très semblable à un éléphant qui eût cherché des cacahuètes au milieu d'une balle[3] de foin.

Au moment où il s'apprêtait à retourner une nouvelle pierre, il s'arrêta, la patte en l'air.

Pendant une bonne minute, il demeura immobile. Puis il tourna lentement la tête, le nez presque contre le sol.

---

1. Un degré élevé de sensibilité.
2. Relatifs à l'odorat, à la perception des odeurs.
3. Grosse botte.

Il avait senti vaguement une odeur des plus agréables. Mais elle était si vague qu'il eut peur d'en perdre la trace s'il faisait le moindre mouvement. Aussi demeura-t-il sur place jusqu'au moment où il fut sûr qu'il ne pouvait pas se tromper.

Alors il parcourut deux mètres à contre-pente, en balançant doucement la tête de gauche à droite et en reniflant fréquemment.

L'odeur devenait de plus en plus forte. Deux mètres encore et Tyr put la localiser avec précision.

Elle émanait de dessous un roc qui devait bien peser deux cents kilos.

Tyr déplaça ce roc sans grand-peine... Aussitôt, effarouchée et poussant un cri suraigu, une gerboise[1] s'enfuit en sautillant. Mais le gros Tyr ne se souciait pas de cette gerboise. Il venait de découvrir, soigneusement empilés dans un creux de mousse, près d'un buisson, les tubercules dont l'odeur l'avait attiré.

C'étaient des sortes de pommes de terre de la grosseur d'une cerise, sucrées et riches en amidon[2]. Tyr s'en régala, émettant un ronron profond de plaisir. Puis, il se mit en quête d'autre chose.

Il s'approchait de plus en plus du débouché du ravin, sans entendre ni sentir Jim, lorsqu'un bruit insolite le fit tomber brusquement en arrêt.

---

1. Petit rongeur à pattes antérieures très courtes lui permettant de se tenir debout.

2. Glucide emmagasiné par les organes de réserve des végétaux (blé, maïs, pomme de terre, riz).

En escaladant la coulée, le chasseur avait détaché une pierre sous son talon.

La pierre rebondit, entraînant une avalanche minuscule, mais particulièrement sonore.

À six cents mètres au-dessous, Bruce lâcha un furieux juron. Il avait vu Tyr s'arrêter, et il s'apprêtait à tirer malgré la distance au cas où, comme il le pensait, l'ours s'enfuirait vers le col.

Pendant trente secondes peut-être, Tyr demeura figé sur place. Puis, au petit trot, il se dirigea vers le ravin.

Jim, essoufflé, maudissant sa malchance, se démenait pour arriver enfin au sommet du ravin dont il était à moins de dix mètres.

Il entendit la voix de Bruce, sans comprendre ce que lui criait son compagnon. Des pieds, des mains, il s'agrippa avec l'énergie du désespoir.

Il allait se hisser enfin par un dernier rétablissement sur une sorte de petite corniche, à cinq mètres du plateau, lorsqu'il leva soudain les yeux.

Son cœur bondit dans sa poitrine, et il demeura pétrifié, incapable de faire un mouvement.

Juste au-dessus de lui, une tête monstrueuse venait d'apparaître. Tyr le regardait, gueule ouverte, crocs découverts, langue pendante. Dans ses yeux brillait une lueur rouge.

Telle fut la première rencontre du grand grizzly avec les hommes.

Dès qu'il eut empli ses poumons de l'odeur chaude

de Jim, Tyr se détourna brusquement, comme s'il avait flairé la peste.

Pour grimper plus facilement, Jim avait passé sa carabine en bandoulière. Il ne pouvait donc pas tirer. D'ailleurs, les pierres glissaient sous lui, et les points d'appui lui manquaient.

En un élan fou, il parvint à gravir les tout derniers mètres. Il lui fallut une minute pour épauler sa carabine.

Tyr, à deux cents mètres, se hâtait au petit galop vers l'entrée du col, pareil à une grosse boule pourvue de pattes.

Au pied du ravin, claqua une détonation suraiguë. C'était Bruce qui ouvrait le feu.

Jim, à genoux, l'imita.

Il suffit parfois d'une minute pour changer une destinée. Il ne fallut que dix secondes pour modifier celle de Tyr.

Ce fut comme si l'un des éclairs qu'il avait vus souvent zigzaguer pendant les orages lui avait percé la chair. Et, en même temps que cette première douleur, lancinante comme une brûlure, lui parvint le rugissement amplifié des carabines.

Il n'était pas à deux cents mètres du ravin lorsque la balle le frappa comme un coup de fouet et lui laboura l'épaule gauche, sans effleurer l'os.

Il en était à trois cents mètres, lorsqu'il fut frappé de nouveau, cette fois à la hauteur des côtes.

Ni l'une ni l'autre des deux balles n'avait pu ébran-

ler sa masse. Vingt balles tirées à cette distance ne l'eussent certainement pas tué.

Mais le deuxième projectile l'arrêta net, et il fit volte-face avec un rugissement qui ressemblait au beuglement d'un taureau fou, une clameur de rage qui s'entendit à plus d'un kilomètre aux alentours.

Bruce, à sept cents mètres maintenant, brûla sans résultat sa septième cartouche. Jim, lui, rechargeait son arme. Tyr continuait à défier l'ennemi inconnu qu'il ne pouvait plus voir.

Et puis, à la septième balle de Jim, un sillon de feu lui laboura longuement l'échine.

Alors, effrayé soudain par cette foudre d'un nouveau genre et impuissant à la combattre, Tyr s'achemina vers la brèche du col.

Il perçut d'autres de ces roulements si semblables au tonnerre, mais la foudre ne le frappa plus.

Avec difficulté et douloureusement, il se mit à descendre la pente de l'autre versant de la montagne.

Il se savait blessé, mais il ne pouvait pas comprendre la nature exacte de son mal. Une fois, au cours de la descente, il s'arrêta quelques instants, et une petite mare de sang se forma près de sa patte gauche.

Il la flaira, un peu inquiet, et prit la direction de l'ouest. Plus tard, l'odeur de l'homme flotta de nouveau jusqu'à ses narines, apportée par le vent capricieux.

Tyr avait bonne envie pourtant de s'arrêter, de s'allonger pour calmer à coups de langue les élancements de ses blessures, mais au contraire il se hâta, car il venait d'apprendre une chose qu'il ne devait jamais oublier : l'odeur de l'homme s'accompagne toujours de souffrance !

Il atteignit le fond du val et s'enfonça dans la futaie, particulièrement épaisse, pour gagner le lit d'un ruisseau dont le cours reliait entre elles les deux parties de son domaine.

Il le regagnait, ce ruisseau, toutes les fois qu'il était blessé ou malade, instinctivement, et aussi à la fin d'octobre, quelques jours avant d'hiverner.

Il y avait à cela une raison. Il était né dans la futaie d'accès difficile située à la source de ce même ruisseau, et ses jeunes années s'étaient passées au milieu des buissons chargés des baies savoureuses qui abondaient dans cette retraite inexpugnable[1]. C'était en quelque sorte son domicile, la seule partie de son domaine où il ne tolérait personne. Il permettait à d'autres ours, noirs, bruns ou grizzlys, de hanter les limites de son fief, mais à condition qu'ils s'éloignassent sans hésiter à son approche.

Il les laissait chasser, pêcher, dormir au soleil sur ses terres, mais à condition qu'ils se reconnussent pour ses vassaux[2].

Tyr n'était pas un égoïste et n'abusait pas de sa force pour chicaner ses congénères, quitte à réaffirmer par-

1. Imprenable, qu'on ne peut prendre d'assaut.
2. Hommes dépendant d'un maître, considérés comme des inférieurs (par référence à la société médiévale).

fois sa souveraineté absolue. En ce cas, il y avait bataille. Et toujours, après ses victoires, pour guérir ses blessures, Tyr regagnait cette même vallée et remontait le cours du ruisseau.

Mais, cette fois, il progressait plus lentement qu'à l'accoutumée, car il éprouvait une douleur effroyable dans l'épaule gauche. Elle le faisait même tellement souffrir que souvent l'une de ses pattes cédait et qu'il manquait de trébucher.

À plusieurs reprises, il entra jusqu'à l'épaule dans l'eau glacée des lacs minuscules échelonnés sur le parcours du ruisseau. Ses blessures cessèrent de saigner, mais la douleur devint plus forte encore.

Le soleil déclinait déjà lorsque le grizzly atteignit la petite mare dont la boue glaiseuse lui servait de médicament.

Sa mâchoire inférieure pendait. Son énorme tête était lourde. Il avait perdu malgré tout une forte quantité de sang. Il était las, et son épaule le brûlait si fort, qu'il avait envie de la déchirer à belles dents pour éteindre ce feu étrange.

La petite mare de boue avait dix mètres de diamètre. La glaise y était fraîche et douce ; Tyr y entra jusqu'aux aisselles et se coucha tout doucement sur son pauvre flanc blessé.

La glaise calma ses élancements, fit emplâtre[1] sur les

1. Agit comme un pansement naturel en adhérant à la peau.

plaies à vif, et Tyr poussa un long soupir de soulagement et de bien-être.

Pendant longtemps, il demeura dans ce bain moelleux. Le soleil se coucha, l'obscurité tomba, les étoiles emplirent le ciel. Tyr frissonna au souvenir du tonnerre employé par l'homme pour lui infliger cette douleur.

4

Le plan de chasse

À la lisière de la futaie, Jim Langdon et Bruce étaient assis, la pipe aux lèvres, après dîner, les pieds près des tisons rougeoyants d'un feu de camp presque éteint.

L'air du soir ayant fraîchi brusquement, Bruce se leva pour jeter une brassée de branches sèches et de bûches sur les tisons. Puis il étendit de nouveau sa longue carcasse sur la mousse, cala sa tête et ses épaules confortablement contre un tronc, et, pour la cinquante-et-unième fois, il fit entendre son rire de crécelle[1].

« Que le diable vous emporte, toi et ton rire ! grommela Jim. Je te dis que je l'ai touché deux fois, Bruce,

1. Aigu et désagréable.

deux fois au moins, tu m'entends ! Et je n'étais pourtant pas dans une position favorable !

— Surtout quand il te regardait dans les yeux à un mètre de toi... Ce qu'il a dû se payer ta tête ! répliqua Bruce, qui s'était fort amusé de la malchance de son compagnon et ami. Voyons, Jim, à cette distance, tu aurais dû l'abattre seulement en lui soufflant dessus !

— Je t'ai déjà dit vingt fois que je portais ma carabine en bandoulière !

— Drôle d'endroit pour mettre sa carabine quand on va chasser le grizzly !

— Dame ! le ravin était à pic... J'avais besoin de mes pieds et de mes mains pour monter... »

Langdon se mit sur son séant, secoua sa pipe et la bourra de tabac frais.

« En tout cas, Bruce, reprit-il, ce grizzly-là est la bête la plus impressionnante des Rocheuses !

— Il aurait fait un beau tapis dans ton bureau, mon vieux Jim, si tu n'avais pas eu l'idée de mettre ta carabine en bandoulière.

— Oh ! j'aurai sa peau, et elle sera chez moi, dans mon bureau, cet hiver ! affirma Jim. J'y suis résolu. Dès demain, nous nous lancerons sur ses traces... Je passerai l'été ici, s'il le faut, pour avoir son “scalp”. Je le préfère à dix autres ours... Debout, il doit bien faire dans les trois mètres ! Je ne regrette pas, après tout, de ne pas l'avoir tué du premier coup. Il est touché et sera méfiant. On aura du mal à l'avoir. Ça va être du sport !

— Il va nous donner du fil à retordre ! Je ne te souhaite pas de le rencontrer dans le courant de la semaine prochaine, avant que ses plaies ne soient cicatrisées. Surtout si tu as ton fusil encore en bandoulière.

— Ça t'irait d'établir ici notre camp ?

— Bien sûr ! On ne trouvera pas mieux. Il y a de la viande fraîche, un beau pâturage et de l'eau courante... »

Bruce reprit au bout d'un instant :

« Il a dû être durement touché... Il saignait beaucoup en haut de la passe... »

À la lueur du feu, Jim se mit à nettoyer sa carabine.

« Tu ne crains pas qu'il cède la place ? demanda-t-il un peu anxieux.

— Qu'il disparaisse ? répéta Bruce. Peut-être, si c'était un ours noir. Mais c'est un grizzly. Il se considère sûrement comme le seigneur de ce domaine... Probable qu'il se méfiera de cette vallée pendant quelque temps... Mais je te parie mes bottes qu'il ne songe pas à émigrer ! Si tu tiens vraiment à sa peau, nous l'aurons un jour ou l'autre !

— J'y tiens, réitéra Jim avec force. Il doit battre tous les records de taille et de poids. J'y tiens même rudement, mon vieux Bruce... Tu crois que tu seras capable de le retrouver demain matin ? »

Bruce hocha la tête :

« C'est probable. Mais le retrouver ne suffira pas. Il faudra surtout le suivre. Un grizzly touché ne s'arrête plus et change de place constamment. Sans quitter son fief, il tâchera de se montrer le moins possible sur les pentes nues. Pour bien faire, il faudrait les chiens... Enfin, Metoosin arrivera avec eux d'ici trois jours. Et quand les airedales[1] seront lâchés, je lui promets du plaisir, à ce vieux grizzly ! »

Jim dirigea vers le feu de camp le canon poli de sa carabine nettoyée, et hocha la tête :

« À vrai dire, je me demande si Metoosin pourra nous rejoindre si vite ! Nous avons traversé des passes qui s'enchevêtrent et qui sont tellement accidentées !

— Cet Indien-là retrouverait notre piste même si nous marchions sur des rochers, déclara Bruce d'un ton confiant. Il sera ici dans trois jours, à moins que les chiens n'aient été assez idiots pour s'attaquer à quelque porc-épic en route. Mais, quand ils seront là... »

Il se leva et s'étira.

« Quand ils seront là, quelle fête, mes amis ! conclut-il. Je suis certain que ces montagnes sont si pleines d'ours que tes dix chiens, Jim, seront massacrés en huit jours ! Veux-tu le parier ? »

Jim fit claquer la sûreté de sa carabine.

« Il n'est qu'un ours auquel je tienne, dit-il. Et j'ai comme une vague idée que nous l'aurons demain matin. Tu as beau être un spécialiste de la chasse à l'ours, mon vieux Bruce, je n'en pense pas moins que

---

1. Chiens terriers à poils durs, à corps court et musclé.

notre grizzly est trop rudement touché pour se balader indéfiniment. »

Ils avaient répandu deux couches d'aiguilles de sapin moelleuses auprès du feu. Jim, suivant l'exemple de son guide, y étala ses couvertures.

La journée avait été rude. Aussi, Jim s'endormit-il dès qu'il fut couché.

Il dormait encore, lorsque Bruce s'éveilla en même temps que l'aube.

Le guide enfila ses bottes et s'en fut, à travers l'herbe lourde de rosée, à la recherche des chevaux.

Lorsqu'il revint, les bottes trempées, une demi-heure après, tirant les deux chevaux de selle et cette rosse de « Poêle-à-frire », Jim était en train d'activer le feu.

Jim aimait à se rappeler que, huit ans plus tôt, les médecins l'avaient condamné sans appel. Aujourd'hui, grâce à la vie saine qu'il menait, il était robuste comme un roc et avait une carrure d'athlète.

Les premières roseurs du soleil coloraient les sommets des monts. L'air était chargé du parfum des fleurs et des grands sapins des Rocheuses.

Jim avait envie de crier, de chanter et de siffloter, et, tandis que Bruce sellait les chevaux, il faisait griller des tranches de mouton et sauter des pommes de terre.

Le soleil montrait son disque à l'est lorsque les deux chasseurs sortirent du camp. Ils traversèrent la vallée à cheval et mirent pied à terre pour gravir une pente trop raide, tenant leurs montures par la bride.

Il ne leur fut pas difficile de découvrir la piste de Tyr. À l'endroit où le grand grizzly s'était arrêté pour rugir, s'étalait une flaque de sang. Dès lors, ils n'eurent plus guère qu'à suivre ce chapelet de gouttes rouges.

Trois fois, au cours de la descente dans l'autre vallée, les chasseurs trouvèrent, sur les rochers, des flaques de sang coagulé qui marquaient les endroits où Tyr s'était arrêté.

Ils s'engagèrent dans la futaie et atteignirent le ruisseau. Là, les empreintes de Tyr, bien visibles sur le sable noir, les incitèrent à faire halte.

Le guide écarquilla les yeux. Une exclamation d'étonnement s'échappa des lèvres de Jim et, sans qu'ils échangeassent un mot, ils tirèrent chacun de leur poche un mètre et s'agenouillèrent près des empreintes.

« Trente-cinq centimètres !... annonça Jim.

— Trente-cinq centimètres ! répéta Bruce. La plus belle empreinte que j'aie jamais vue n'en mesurait que vingt-neuf. L'ours qui l'avait laissée fut tué dans l'Athabasca[1], l'autre été... et il passait pour le plus gros spécimen de la Colombie britannique[2] et du Canada... Jim, celui-ci les bat tous ! »

Ils poursuivirent et mesurèrent d'autres empreintes sur le bord de la toute première mare où Tyr avait baigné ses plaies. Les dimensions ne variaient guère.

1. Rivière et lac situés au Nord-Est des montagnes Rocheuses.

2. Province montagneuse du Canada, tout entière située dans la zone des Rocheuses.

Ensuite, ils ne trouvèrent plus que de loin en loin des taches de sang.

Il était dix heures et demie lorsqu'ils arrivèrent à la mare de boue glaiseuse, près de la source, et virent la marque laissée par le corps de Tyr.

« Il faut qu'il soit gravement atteint ! dit Bruce, d'une voix basse. Il a passé toute la nuit dans cette mare ! »

À ce moment, une impulsion commune leur fit lever les yeux. À un kilomètre devant eux, les montagnes devenaient abruptes, et la vallée se resserrait en une sorte de gorge sombre.

« Sûr qu'il doit être gravement atteint, répéta Bruce, en scrutant le terrain devant lui... Il se peut qu'il ne soit pas loin. Autant attacher les chevaux et continuer seuls. »

Ils attachèrent donc leurs chevaux au tronc d'un grand sapin et soulagèrent « Poêle-à-frire » d'une partie de son chargement.

Puis, l'arme prête, l'œil aux aguets, ils s'enfoncèrent avec circonspection dans la gorge silencieuse.

5

Muskwa

Tyr avait franchi la gorge à l'aube. S'il avait les membres engourdis lorsqu'il était sorti de son bain de boue, la douleur de ses blessures s'était atténuée de moitié. Son épaule lui faisait toujours mal, mais infiniment moins qu'au cours de la soirée précédente. Un malaise général subsistait pourtant. Il était réellement malade et, s'il avait été un homme, il aurait gardé le lit...

Il parcourut lentement la gorge, la tête lourde, les pattes molles. Lui, le chercheur infatigable de nourriture, il ne songeait pas à manger... Il n'avait pas faim, il avait seulement soif. De sa langue fiévreuse, il lapait fréquemment l'eau fraîche des ruisselets et, plus fréquemment encore, il se tournait à demi et flairait le vent.

Il savait que les hommes, avec leur odeur, leur tonnerre et cette foudre dont ils semblaient disposer, se trouvaient derrière lui.

Toute la nuit, il était resté sur ses gardes, et maintenant, encore, il se méfiait.

En créant Tyr, le Grand Esprit[1] avait décrété qu'il serait son propre médecin et que certaines plantes amères constitueraient pour lui une panacée[2] souveraine. Aussi, tout en s'enfonçant dans la gorge, flairait-il, au passage, le nez au sol, chaque buisson.

Il atteignit ainsi une petite oasis de verdure au milieu des rocs où poussaient en abondance des arbustes donnant des fruits qui n'étaient pas encore rouges, mais qui, amers comme du fiel[3], contenaient un astringent[4] tonique. Tyr mangea une grande quantité de ces fruits.

Plus loin, il découvrit des baies déjà plus grosses que des grains de raisin que les Indiens mâchent quand ils ont la fièvre. Tyr en engloutit un certain nombre.

Poursuivant sa route, il flaira plusieurs arbres et trouva enfin celui qu'il cherchait. C'était un pin rouge, un grand pin dont une entaille laissait couler de la

---

1. Esprit du Bien, immatériel et puissant (par référence à la civilisation indienne).

2. Remède universel.

3. Bile des animaux de boucherie, de la volaille, au goût très amer et non comestible.

4. Produit exerçant un resserrement sur les tissus vivants.

résine fraîche. Tyr se mit à lécher cette résine. Il absorbait ainsi non seulement de la térébenthine[1], mais certains médicaments indispensables à son état.

Le soleil n'était pas tout à fait levé lorsque le grizzly arriva à l'extrémité de la gorge. Il s'arrêta quelques instants devant l'entrée d'une grotte basse qui s'enfonçait profondément dans la montagne.

Cette grotte n'était ni haute, ni large, mais assez profonde et tapissée de sable blanc.

Dix ans plus tôt, la mère de Tyr s'était installée dans cet abri pour y dormir tout l'hiver et, lorsqu'elle en était sortie, quelque peu chancelante sur ses pattes, pour humer l'air vif du printemps, trois oursons gras l'accompagnaient.

Tyr était l'un de ces trois oursons.

Il était presque aveugle alors, car un ourson ne voit qu'un peu avant d'atteindre cinq semaines. Il n'avait aussi qu'une maigre fourrure, les grizzlys naissant comme les hommes, presque complètement nus. Depuis lors, Tyr avait hiverné huit fois dans la grotte et il la considérait comme son *home*[2].

Il avait grande envie d'y entrer de nouveau, de se coucher tout au fond et d'y attendre la disparition de son malaise.

Pendant deux ou trois minutes, il hésita, huma l'air tiède à l'entrée, puis flaira le vent.

---

1. Résine semi-liquide recueillie par l'incision de certains végétaux (ici, le pin rouge).
2. Son foyer, son chez-lui (en anglais).

Un instinct obscur le poussa à poursuivre son chemin.

À la sortie de la gorge, Tyr s'engagea sur une pente assez raide, orientée vers l'ouest.

Le soleil était déjà haut lorsqu'il atteignit le sommet et, pendant quelques instants, il se reposa en contemplant l'autre moitié de son domaine.

Cette seconde vallée était encore plus merveilleuse que la première, celle que Bruce et Langdon avaient parcourue quelques heures auparavant. Elle avait bien trois kilomètres de large et se déroulait à perte de vue en un grand panorama vert, noir et or.

Vue de l'observatoire sur lequel se tenait Tyr, elle semblait un parc immense. Les flancs de la montagne se couvraient de verdure presque jusqu'au sommet et, jusqu'à mi-hauteur, s'érigeaient des boqueteaux de pins qu'on eût dit plantés par l'homme.

Et au pied des pentes, de chaque côté, telles des franges ornementales, couraient deux bandes étroites et ininterrompues de forêts.

Entre ces bandes d'un vert sombre s'étalait la vallée, prairie onduleuse, tachetée de pourpre par l'herbe à buffle, de mauve par la sauge montagnarde, de blanc par la rose sauvage.

Dans le creux de cette vallée courait un ruisseau. Tyr descendit de quatre cents mètres environ, puis se dirigea vers le nord, le long de la pente verte, passant d'un boqueteau à l'autre, à cent cinquante ou deux cents mètres au-dessus de la frange de la forêt.

À cette hauteur, à mi-chemin entre la vallée et les premiers rochers dénudés des pics, il rencontrait fréquemment du petit gibier.

Déjà, de gros loirs commençaient à lézarder au soleil.

Leur long et doux sifflement, agréable à entendre parce qu'il rompt la monotonie du bourdonnement de l'eau, emplissait l'air d'une cadence musicale.

De temps en temps, un loir lançait un coup de sifflet aigu d'avertissement, puis s'aplatissait sur son rocher au passage du grand grizzly.

Et, pendant quelques instants, plus un cri d'animal ne troublait le doux ronron de la vallée.

Mais Tyr, ce matin-là, ne songeait pas à chasser.

Deux fois, il rencontra des porcs-épics, morceaux de choix s'il en fut, et il les laissa passer sans leur prêter attention.

L'odeur chaude d'un caribou endormi lui parvint... Il ne ralentit même pas sa course.

Pendant deux heures, il progressa bon train vers le nord, à mi-hauteur des pentes. Puis il descendit à travers bois vers un ruisseau.

La glaise adhérant à sa blessure commençait à durcir. Alors, de nouveau, il s'enfonça jusqu'aux épaules dans une petite mare et y demeura quelques minutes.

Après quoi, pendant deux heures encore, il suivit le cours du ruisseau en buvant fréquemment.

Soudain, il s'arrêta et se mit à rugir. Grâce aux bains

de boue, ainsi qu'à la résine et aux différents fruits qu'il avait absorbés, il avait retrouvé sa force.

Mais le grondement hargneux qui roulait au fond de sa poitrine avait une signification nouvelle. Jusqu'à la veille, Tyr n'avait pas connu la haine. Il s'était battu avec d'autres ours, mais sa fureur combative, qui s'exaspérait rapidement, s'apaisait aussi très vite. Elle ne lui laissait pas de rancœur. C'était avec une sorte de joie qu'il léchait les blessures infligées par les griffes de ses adversaires.

Ce sentiment qui venait de naître en lui était entièrement nouveau. Il haïssait l'arme étrange qui lui avait fait mal, d'une haine féroce, inoubliable ; il haïssait l'odeur de l'homme ; il haïssait ce singulier animal à face blanche qu'il avait vu cramponné au flanc du ravin.

Et sa haine comprenait tout ce qui s'associait à son arme.

À cette odeur, à cet animal, il vouait une haine née de l'instinct et réveillée de sa longue torpeur par l'expérience.

Sans avoir jamais vu ni senti l'homme précédemment, Tyr savait que l'homme était son ennemi le plus mortel, son adversaire le plus implacable.

Il eût attaqué sans crainte le plus grand de ses congénères. Il eût tenu tête hardiment à la plus féroce horde de loups. Il eût bravé sans trembler l'inondation et le feu. Mais, devant l'homme, il avait envie de fuir, de se cacher.

Il lui faudrait dorénavant rester partout sur ses gardes, dans les montagnes et dans la plaine. Il comprenait que son domaine était envahi par un être qui, en dépit de sa petite taille, était cependant plus à redouter que tous ses précédents ennemis.

La nature lui avait appris, pendant des centaines et des milliers de générations, que l'homme était son seul et unique maître... l'homme pourvu d'une massue d'abord, puis d'un épieu durci au feu et de flèches aiguës... l'homme capable de tendre des pièges, et enfin de se servir d'un fusil !

Et maintenant, pour la première fois, cette partie endormie de son instinct se réveillait en sursaut. Tyr comprenait.

Il haïssait l'homme et, dorénavant, il haïrait tout ce qui apporterait l'odeur de l'homme.

Et avec cette haine naissait en lui pour la première fois, *la crainte* !

Il continuait à suivre le ruisseau, flairant de-ci, de-là, et sans jamais aller plus lentement, cou penché, tête basse.

Son énorme arrière-train se levait et s'abaissait avec ce déhanchement comique particulier à tous les ours et spécialement au grizzly.

La partie de la vallée dans laquelle il venait de pénétrer lui était connue de longue date. Il y avait souvent rencontré des congénères et même des familles entières de grizzlys. Comme la plupart des vieux célibataires, il supportait mal les petits. Cependant, il n'avait jamais tué un ourson. Il en avait giflé plusieurs lorsqu'ils osaient s'approcher de lui, mais juste ce qu'il fallait pour les envoyer rouler sur le sol.

Il ne fut donc pas particulièrement surpris lorsqu'il aperçut, au détour d'un éboulis, un ourson aplati sur le ventre et se tortillant comme un ver.

Cet ourson n'avait pas plus de trois mois, âge bien tendre pour se promener seul. Il avait une frimousse brune toute futée et portait sur sa poitrine une tache blanche qui le désignait comme membre de la tribu des ours.

Il faisait tout ce qu'il pouvait pour exprimer à sa manière : « Je suis perdu, j'ai soif, j'ai faim et j'ai une épine dans la patte ! »

Tyr s'arrêta à quelques pas, grogna, puis chercha la mère du regard.

Ne la voyant pas aux alentours, il reporta son attention sur l'ourson, qui geignait doucement.

Muskwa – c'est ainsi qu'un Indien l'eût certainement appelé –, Muskwa s'était mis à ramper lentement sur le ventre. Il se tortilla plus encore lorsque Tyr le considéra, et il continua d'avancer.

Un avertissement sourd gronda au fond de la poitrine de Tyr.

« N'approche pas, semblait dire ce grondement, ou je te flanque une bonne gifle. »

Muskwa comprit-il ? En tout cas, il s'immobilisa, et fit le mort, pattes, nez et ventre aplatis.

Tyr étudia les parages, flaira le vent sans résultat.

Lorsqu'il s'inquiéta de nouveau de Muskwa, l'ourson n'était plus qu'à un mètre de lui. Tyr leva sa patte gauche en grognant :

« Si tu avances encore, je te gifle ! »

Muskwa se tortilla de plus belle. Il léchait ses lèvres avec sa petite langue rose et, malgré la patte levée de Tyr, il se rapprocha encore.

Le grognement de Tyr devint plus sourd... Sa lourde patte retomba sur le sable.

Pour la troisième fois, il regarda autour de lui. Puis il grogna de nouveau.

« Où diable est la mère de cet ourson ? se demandait-il. Si ce n'est pas pitié d'abandonner ainsi son petit ! »

Il se passa alors quelque chose qui décida du sort de l'ourson.

Muskwa s'était approché tout près de la patte blessée de Tyr. Il se leva, flaira l'odeur de la plaie et, doucement, l'effleura de sa langue.

Un frisson apaisant parcourut l'échine de Tyr. Longtemps, l'ourson lécha la blessure.

Puis Tyr baissa sa lourde tête, souffla sur Muskwa et lui passa sa grande langue à deux reprises sur le museau.

« Viens, petit », grogna-t-il enfin en reprenant sa marche vers le nord.

L'ourson à la frimousse brune, l'ourson sans mère, suivit joyeux le grand grizzly.

6

Le caribou

Le ruisseau que longeait Tyr était un affluent de la Badine, et coulait presque en droite ligne dans la direction du défilé de la Skeena.

À mesure que le grizzly remontait le cours du ruisseau, le terrain devenait plus accidenté.

Sa rencontre avec Muskwa avait eu lieu à quelque quinze kilomètres de la gorge. À partir de ce point, les pentes prenaient un aspect différent. Elles étaient fortement ravinées et parsemées d'éboulis chaotiques.

Tyr pénétrait maintenant dans l'une de ses forteresses, une région qui contenait des milliers de cachettes, un pays sauvage et bouleversé où le gros gibier abondait et où il savait que l'odeur de l'homme ne le poursuivrait pas.

Pendant la demi-heure qui suivit sa rencontre avec Muskwa, Tyr continua d'avancer, entièrement oublieux, semblait-il, de la présence de l'ourson. Pourtant, il l'entendait trottiner derrière lui et percevait son odeur.

Muskwa avait du mal à ne pas se laisser distancer. Son corps grassouillet et ses pattes courtes n'étaient pas accoutumés à cette manière de voyager ; mais c'était un ourson courageux, et il ne se plaignit qu'à deux reprises au cours de son étape : une première fois lorsqu'il dégringola du haut d'un rocher dans le ruisseau ; une deuxième fois parce qu'il pesa trop fort sur le piquant du porc-épic qu'il avait dans la patte gauche.

Finalement, Tyr se détourna du ruisseau, entreprit de gravir un profond ravin qui débouchait sur une petite plaine en forme de plateau à mi-hauteur de la pente, et s'arrêta à proximité d'une roche plate au milieu d'une sorte de pelouse.

La persévérance de Muskwa à le suivre avait sans doute fait vibrer une corde sensible dans le cœur du grand grizzly. Le fait est qu'après avoir flairé quelques instants de-ci, de-là, Tyr s'étendit près de la roche plate. Ce fut seulement alors que l'ourson osa se coucher, mais il était tellement épuisé qu'il s'endormit en trois minutes.

Tyr commençait à avoir faim. Et ce n'était pas une faim que pouvaient apaiser des fourmis, des limaces ou même des loirs ou des marmottes !

Muskwa n'avait pas ouvert l'œil une seule fois et il dormait toujours profondément lorsque le grizzly se décida à poursuivre sa route.

Il était environ trois heures. L'après-midi était particulièrement calme. Les loirs avaient sifflé jusqu'à épuisement et lézardaient au soleil sur leurs rochers ; les aigles planaient si haut au-dessus des pics qu'ils n'étaient plus que des points dans l'azur.

Les éperviers, gorgés de viande, avaient disparu dans les sapins. Les moutons et les chèvres sauvages se détachaient sur le ciel, silhouettes accroupies au sommet des crêtes. Et s'il y avait des caribous à proximité, ils devaient être en train de somnoler.

C'était l'heure où Tyr se mettait habituellement en chasse. Il savait par expérience qu'il pouvait se déplacer sans trop risquer d'être surpris lorsque les autres bêtes digéraient et faisaient la sieste.

Tyr ne tuait guère au grand jour, bien qu'il lui arrivât de tomber, avant le coucher du soleil, sur un mouton ou un caribou. C'était surtout au crépuscule que Tyr abattait son gibier.

Il se leva avec un *whouf* prodigieux qui réveilla instantanément l'ourson brun.

Tandis que Muskwa s'étirait, Tyr le considérait avec une sorte de moue. Il avait faim. Il avait envie de viande. Et il se demandait avec inquiétude comment il s'y prendrait pour attraper un caribou avec cet ourson affamé et encombrant à ses trousses !

Muskwa parut comprendre ce qui se passait dans la tête du grizzly.

Il se mit à courir et, après avoir parcouru une douzaine de mètres, il s'arrêta et regarda Tyr en dressant ses petites oreilles. Il avait tout à fait l'air d'un jeune garçon cherchant à convaincre son père de son aptitude à suivre une chasse au lapin.

Émettant un second *whouf,* Tyr se mit à descendre la pente. D'un seul élan, il rattrapa Muskwa et, du revers de sa patte droite, il l'envoya rouler à quelques mètres derrière lui, ce qui était une façon de dire :

« Tâche de rester derrière moi, si tu veux que nous chassions ensemble ! »

Après quoi, les yeux, les oreilles et les narines en alerte, Tyr descendit lentement jusqu'à deux cents mètres du ruisseau.

Il ne recherchait plus les chemins faciles, mais le terrain le plus accidenté.

Il progressait doucement en zigzag, faisait avec précaution le tour des grands éboulis, flairant chaque ravin sur son passage et fouillant les boqueteaux et les fourrés.

Il surprit bien des fumets dans le vent, mais aucun ne lui parut assez intéressant.

Pas une seule fois au cours des deux heures qui suivirent, Tyr ne sembla prêter attention à Muskwa. L'ourson avait de plus en plus faim et se sentait de plus en plus las à mesure que le jour s'allongeait.

Dans les passages difficiles, il tombait fréquemment ; dans les éboulis, il avait toutes les peines du monde à gravir les blocs que Tyr franchissait d'un pas.

Trois fois, le grand grizzly traversa le ruisseau à gué, et Muskwa faillit, à maintes reprises, se noyer. L'ourson était éreinté et trempé... Pour comble, sa patte lui faisait mal, mais il tenait bon.

Parfois, il cheminait près de Tyr ; à d'autres moments, il lui fallait courir pour le rattraper.

Le soleil était sur le point de se coucher et Muskwa était presque mort de fatigue lorsque Tyr découvrit enfin un gibier digne de lui.

L'ourson ne comprit pas tout de suite pourquoi Tyr aplatissait sa masse énorme derrière un rocher, à l'entrée d'une prairie cahoteuse.

Il avait envie de pleurer et, de plus, il avait peur. Il n'avait jamais désiré à ce point la présence de sa mère.

Pourquoi l'avait-elle quitté ? Pourquoi n'était-elle pas revenue ? C'était l'heure où il tétait avant de s'endormir. Car il était né en mars et aurait dû ne s'alimenter que de lait jusqu'en août.

À quelque trois cents mètres en contrebas, il y avait un boqueteau de pins balsamiques[1] au bord d'un lac en miniature qui occupait le fond d'une cuvette. Dans ce boqueteau, se cachaient deux ou trois caribous... Tyr en était aussi certain que s'il avait pu les voir.

L'odeur des ruminants couchés était nettement distincte pour Tyr de celle des ruminants en train de paître.

---

1. Qui contiennent de la résine, utilisable comme baume.

Muskwa lui-même avait senti cette odeur. Il se rapprocha tout doucement du grand grizzly et se coucha.

Pendant dix bonnes minutes, Tyr ne bougea pas. Ses yeux scrutaient la prairie, la rive du lac et l'orée du boqueteau tandis que ses narines analysaient le vent. Alors, certain de ne pas se tromper, il commença sa chasse, en rampant presque sur le ventre.

Les oreilles pointées en avant, une nouvelle lueur dans les yeux, Muskwa prit sa première leçon.

Tyr avançait lentement, sans bruit, dans la direction du ruisseau. Son énorme collerette se dressait à la naissance de ses épaules comme une fraise[1] empesée.

Pendant une centaine de mètres, il décrivit un crochet, sans cesser de flairer le vent qui venait droit du boqueteau.

Tyr avançait en roulant sur son arrière-train. Il faisait de plus petits pas qu'à l'ordinaire, et tous ses muscles étaient tendus pour l'action.

En deux minutes, il atteignit l'orée des pins balsamiques. Là, il s'arrêta de nouveau.

Un craquement de branches brisées lui parvenait distinctement. Les caribous s'étaient levés, mais ils n'étaient pas inquiets.

Ils ne tarderaient pas à sortir du boqueteau pour aller boire avant de paître.

Tyr, silencieux, se déplaça. Muskwa se fondait dans

---

1. Collerette plissée et empesée que portaient hommes et femmes au XVIe et au début du XVIIe siècle.

son ombre. Ils parvinrent ensemble à la corne du bois. De là, caché par le feuillage, Tyr commandait la rive du lac et la courte étendue de la plaine.

Un grand caribou, le chef de la horde, apparut. Ses ramures, aux trois quarts de leur croissance, se couvraient de mousse verte.

Un jeune de deux ans à peine, aux flancs lustrés et rebondis, luisants comme du satin brun, le suivait à quelques pas.

Pendant un certain temps, le chef de la horde examina les alentours. Le jeune, moins méfiant, broutait çà et là.

Mufle levé, ramures basses effleurant presque les épaules, le vieux caribou s'ébranla dans la direction du lac. Tyr, lui, sortit de sa cachette.

Pendant une fraction de seconde, il se ramassa sur lui-même, puis il bondit en avant. Quarante mètres au maximum le séparaient du jeune mâle. Il avait couvert la moitié de la distance, tel un bolide, quand les caribous l'entendirent. Ils détalèrent comme des flèches. Mais il était déjà trop tard.

Rapide comme le vent, Tyr s'était porté sur le flanc gauche du jeune caribou et l'avait un peu dépassé. Il obliqua légèrement sur la droite et d'un élan, il sauta.

Sa formidable patte droite ceintura l'encolure du caribou et, lorsqu'ils s'abattirent ensemble, sa patte gauche vint saisir et broyer le mufle frémissant.

Tyr tomba sous sa proie comme toujours, replia une

patte de derrière, la détendit, et ses cinq griffes éventrèrent le caribou.

Elles ne firent pas que l'éventrer, mais lui broyèrent les côtes.

Alors Tyr se releva, jeta un coup d'œil circulaire et se secoua en grondant. Était-ce un grondement de triomphe ou une simple invitation au festin à l'intention de Muskwa ? Considérant qu'il s'agissait d'une invitation, le petit ours à frimousse brune n'hésita pas à l'accepter.

Pour la première fois, il mangeait de la chair vivante et lapait un sang encore chaud. Dès lors, Muskwa serait, comme Tyr, un grand chasseur.

Tous les grizzlys ne chassent pas le gros gibier, ceux qui s'attaquent à lui sont plutôt rares. La plupart des ours se contentent d'un régime végétarien, corsé de gerboises, de marmottes, de porcs-épics et de poissons. C'est le hasard qui les transforme en chasseurs de caribous, de chèvres, de moutons et même de bisons.

Pendant deux heures, Tyr et Muskwa festoyèrent sans interruption, non pas à la façon des chiens, mais à la manière des gourmets.

Muskwa, à plat ventre et presque entre les pattes de Tyr, se gorgeait de chair juteuse.

Tyr commença en quelque sorte par des hors-d'œuvre. Il arrachait les pellicules de graisse qui entouraient les reins et les entrailles de sa victime, et les mâchonnait, les yeux mi-clos.

Les dernières lueurs du soleil s'effacèrent au-delà des monts, et l'obscurité s'étala après un crépuscule rapide. Il faisait sombre lorsque Tyr et Muskwa cessèrent de se repaître.

D'un naturel conservateur, Tyr ne gaspillait jamais rien de ce qui est bon à manger, et, si le vieux caribou mâle s'était jeté à cet instant dans ses pattes, il l'eût certainement épargné.

Il avait de quoi satisfaire sa faim pendant plusieurs jours et entendait mettre en sûreté cette réserve de nourriture.

Il s'en fut donc vers le boqueteau de pins balsamiques sans que l'ourson rassasié eût fait un effort pour le suivre.

Muskwa était trop heureux pour bouger, et il se doutait bien que Tyr n'abandonnerait pas les abondants reliefs du festin.

Dix minutes plus tard, Tyr justifiait, en reparaissant, ces prévisions optimistes.

Entre ses mâchoires puissantes, il saisit la carcasse du caribou à la base de la nuque, et il se mit à la traîner sous le petit bois.

Le caribou pesait environ deux cents kilos. S'il en avait pesé quatre ou même cinq cents, Tyr l'aurait tout de même traîné, mais à reculons.

Tyr transporta donc sa lourde charge jusqu'à l'orée du boqueteau. Il y avait découvert certain creux de terrain. Il poussa la carcasse dans le trou et entreprit aussitôt de la recouvrir avec des aiguilles de pins, des branches et de l'écorce pourrie. Après quoi, il flaira le vent et sortit rapidement du boqueteau.

Cette fois Muskwa le suivit.

L'ourson avait quelque peine à se diriger normalement, alourdi qu'il était par le repas qu'il venait de faire.

Les étoiles commençaient à poindre quand Tyr gravit une pente accidentée qui conduisait au sommet même de la montagne.

Le grizzly et l'ourson traversèrent un champ de neige et arrivèrent à un endroit où l'on eût juré qu'un volcan avait éventré la montagne.

Un homme n'aurait guère pu s'aventurer là où Tyr conduisait Muskwa. Finalement, ils s'arrêtèrent.

Ils se trouvaient sur une sorte d'encorbellement[1] très étroit au pied d'une muraille à pic, au-dessus d'un chaos de rocs.

Tout là-bas, dans le fond, s'étalait la nappe bleue d'un lac apparemment sans fond.

Tyr se coucha et, pour la première fois depuis qu'il avait été blessé, il étendit sa tête entre ses grosses pattes et poussa un soupir de soulagement.

Muskwa se glissa contre lui, et côte à côte, ils dormirent du sommeil paisible qui accompagne les bonnes digestions, cependant que les étoiles scintillaient plus brillantes, que la lune, en se levant, baignait les pics et les vallées de sa lumière argentée.

---

1. Construction en saillie sur un édifice.

7

Bruce bavarde

Jim Langdon et Bruce commencèrent à descendre dans l'autre vallée au début de l'après-midi.

Ils suivirent lentement le cours du ruisseau au-dessus duquel Tyr avait voyagé, et lorsqu'ils campèrent pour la nuit, ils étaient à trois ou quatre kilomètres de l'endroit où le grizzly avait rencontré l'ourson.

Les chasseurs n'avaient pas encore découvert les traces de Tyr dans le sable des ravines.

Et cependant Bruce avait confiance. Il était certain que Tyr s'était déplacé le long des crêtes et des pentes.

« Quand tu regagneras la civilisation et que tu décriras les mœurs de l'ours, dit-il à Jim, ne fais pas l'idiot comme la plupart des noircisseurs de papier.

« Il y a deux ans, j'ai accompagné un naturaliste[1] pendant plus d'un mois. Il fut si content de sa tournée qu'il me promit de m'envoyer des bouquins sur les bêtes sauvages... Je les reçus en effet, ces bouquins, et je me mis à les lire. J'y pris d'abord beaucoup de plaisir, et puis je sortis de mes gonds et les flanquai tous au feu ! Les ours sont curieux à étudier. Il y a des tas de choses intéressantes à dire sur eux sans pour cela faire l'imbécile... »

Jim approuva de la tête, et répondit en regardant le feu :

« Il faut chasser pendant des années avant de découvrir en quoi consiste la vraie passion de la chasse au gros gibier. Et, lorsqu'on a su découvrir vraiment ce plaisir, un plaisir qui vous absorbe corps et âme... on s'aperçoit que l'émotion la plus forte ne vient pas de l'action de tuer le gibier, mais de le poursuivre. Je tiens à ce grizzly, et je l'aurai... Je ne veux pas quitter la montagne avant de l'avoir. Aujourd'hui, par exemple, nous aurions pu tuer deux autres ours, et je n'ai même pas tiré dessus. J'apprends à connaître le vrai plaisir de la chasse, Bruce... et quand on chasse comme je l'entends, on apprend beaucoup de choses. Tu n'as pas besoin de t'inquiéter : ce que j'écrirai sera vrai et juste. »

Jim se retourna brusquement et regarda Bruce dans les yeux.

---

1. Spécialiste de l'histoire naturelle.

« Cite-moi donc, reprit-il, quelques-unes des sottises que tu as lues dans les livres dont tu parles. »

Bruce souffla un nuage de fumée en réfléchissant.

« Ce qui m'a rendu le plus furieux, dit-il, c'est que les auteurs des livres en question faisaient allusion à de prétendues "marques" laissées par les ours ! D'après ces gens-là... il suffit à un ours de se dresser de toute sa hauteur le long d'un arbre et d'y laisser sa "marque" pour devenir le seigneur des lieux, jusqu'au jour où un ours plus grand arrive et met sa "marque" plus haut... Toujours dans l'un de ces livres, je me rappelle même avoir lu qu'un grizzly eut un jour l'idée de rouler un rocher au pied d'un arbre et qu'il s'y hissa pour mettre sa fameuse "marque" au-dessus de celle d'un autre grizzly. C'est idiot ! Jamais un ours ne laisse de marque ayant une signification quelconque. J'ai vu des grizzlys arracher des morceaux d'écorce avec leurs dents et se faire les griffes sur les arbres, tout comme les chats. Et l'été, quand ça commence à les démanger et qu'ils perdent leur poil, je les ai vus se dresser et se frotter contre les arbres. Ils se frottent parce que ça les démange et pas du tout pour laisser leur carte de visite à l'intention d'autres ours. Les caribous et les cerfs en font autant pour décoller la mousse qui couvre leurs bois. Certains auteurs s'imaginent que chaque grizzly a son territoire. C'est encore faux, archi-faux même ! J'ai vu huit grizzlys de belle taille sur une seule pente... Tu te souviens, il y a deux ans, de la vallée grande comme un mouchoir de poche, où nous avons tué deux grizzlys ? De temps en temps, il y a un géant parmi les grizzlys... dans le genre de celui que nous pistons... Mais il n'est pas le seul ours sur son territoire. Je te parie qu'il y en a vingt autres dans ces deux vallées. D'ailleurs, le naturaliste que j'accompagnai il y a deux ans eût été incapable de distinguer les traces d'un grizzly de celles d'un ours noir, et je te jure qu'il ne savait pas ce que c'est qu'un ours brun ! »

Sur ces mots, Bruce sortit sa pipe de la bouche et cracha dans le feu.

Jim comprit que d'autres confidences allaient suivre. Ses heures les plus agréables étaient celles où Bruce, généralement silencieux, se trouvait d'humeur causante.

« Il s'imaginait, le pauvre homme, reprit Bruce, qu'il existe une race d'ours bruns. Et lorsque je lui ai affirmé que les ours bruns sont des grizzlys ou des ours noirs de couleur brune, il s'est moqué de moi. Et pourtant je suis né et j'ai été élevé parmi les ours. Les yeux de mon naturaliste lui sortaient de la tête lorsque je lui parlais de la couleur des ours. Il s'imaginait que je lui racontais des blagues. J'ai compris plus tard que c'était à cause de ça qu'il m'avait envoyé des livres. Il voulait me prouver qu'il avait raison. Tu sais, Jim, il n'y a pas d'animaux sur terre dont la couleur varie autant que celle de ces ours. J'ai vu des ours noirs aussi blancs que neige, et j'ai vu des grizzlys aussi noirs que le plus noir des ours noirs. J'ai vu des ours noirs et des grizzlys de couleur brune. J'en ai vu de dorés et de jaunes dans les deux espèces. Ils diffèrent de couleur, comme ils diffèrent d'espèce et de façon de se nourrir. À mon avis, la plupart des naturalistes se contentent de faire la connaissance d'un seul ours, puis ils décrivent tous les autres grizzlys d'après cet ours. Et ils vous prétendent qu'il n'est pas d'animal plus cruel que le grizzly. Or, c'est faux. Le grizzly n'est féroce que lorsqu'il ne peut faire autrement. Il est d'habitude aussi curieux qu'un enfant, et il a bon caractère quand on ne l'embête pas. La plupart des grizzlys sont végétariens, mais il y en a qui ne le sont pas. J'en ai vu abattre des chèvres, des moutons et des caribous, et j'en ai vu d'autres vaquer paisiblement à leurs affaires dans le voisinage des mêmes animaux, sans songer à les attaquer. Les grizzlys sont passionnants à observer. On peut raconter à leur sujet des tas de choses, mais pourquoi inventer des histoires ridicules ? »

Bruce secoua la cendre de sa pipe pour bien souligner cette question. Tandis qu'il la bourrait de nouveau, Jim lui dit :

« Il y a fort à parier que le grizzly que nous poursuivons est un chasseur de gros gibier.

— On ne peut jamais savoir, répliqua le guide. J'ai connu jadis un grizzly qui n'était pas beaucoup plus grand qu'un chien... eh bien ! c'était un rude chasseur. Des centaines d'animaux meurent gelés dans les montagnes, chaque hiver, et, lorsque le printemps vient, les ours mangent leurs carcasses. Mais cela ne les rend pas nécessairement chasseurs de gros gibier. Parfois, ils le deviennent par hasard. Celui qui a chassé une fois continuera à chasser.

« Un jour que j'étais sur une pente de montagne, j'ai vu une chèvre se fourrer dans les pattes d'un grizzly. L'ours allait la laisser passer, mais la chèvre avait si peur, qu'elle s'est jetée sur lui à coups de cornes. Alors, il l'a tuée. Après quoi, il a passé une demi-heure à flairer la chèvre encore chaude avant de se décider à la déchirer à belles dents. C'était la première fois, évidemment, qu'il goûtait à la chair fraîche. Quant à moi, je ne réussis pas à le tuer. Mais je suis certain que, depuis ce jour-là, il est devenu chasseur de gros gibier.

— Il me semble que la taille doit pourtant être pour quelque chose dans tout cela, dit Jim. J'ai l'impression qu'un ours qui mange de la viande doit être plus grand et plus fort qu'un ours végétarien.

— Voilà justement un sujet intéressant à traiter pour un écrivain, répliqua Bruce avec un de ses sourires bizarres. Comment se fait-il qu'un ours engraisse au point de ne plus pouvoir marcher en septembre alors qu'il ne se nourrit plus guère que de baies, de fourmis et de limaces ? Ce n'est pas toi, Jim, qui engraisserais avec un régime de baies sauvages ! Et pourquoi grandit-il si vite durant les quatre ou cinq mois qu'il hiverne, alors qu'il n'avale pas une bouchée de nourriture ? Comment se fait-il que, pendant une période d'un mois et quelquefois de deux, la mère continue d'allaiter ses oursons, alors qu'elle dort encore ou à peu près ? Et pourquoi enfin les petits ne sont-ils pas plus gros en venant au monde ?... Mon naturaliste riait comme un bossu quand je lui ai dit que les grizzlys, à leur naissance, n'étaient guère plus gros que des chats de deux jours.

— Je comprends son scepticisme, dit Jim. Il y a quatre ou cinq ans, je ne l'aurais pas cru, Bruce. Je ne l'ai cru que du jour où nous avons déniché ces oursons dans l'Athabasca. L'un d'eux ne pesait que trois cents grammes et l'autre deux cent cinquante. Tu te souviens ?

— Et ils avaient une semaine, Jim, et la mère pesait quatre cents kilos ! »

Pendant quelques instants, les deux hommes tirèrent silencieusement sur leurs pipes.

Puis, Bruce se leva et s'étira.

« Il fera beau demain, prédit-il en bâillant. Regarde comme la neige est blanche sur les pics !

— Bruce... Combien peut donc peser l'ours que nous poursuivons ?

— Six cents kilos, peut-être même un peu plus. Je n'ai pas eu le plaisir de le regarder d'aussi près que toi, Jim. Si j'avais été à ta place, nous serions en train de faire sécher sa peau.

— Et il est dans la force de l'âge ?

— Entre huit et douze ans, je pense, si j'en juge par la manière dont il gravit la pente. Un vieil ours ne se déhanche pas aussi aisément.

— Tu as rencontré de vieux ours, Bruce ?

— Si vieux qu'ils auraient eu besoin de béquilles !

repartit le guide en enlevant ses bottes. J'ai abattu des ours qui avaient même perdu leurs dents.

— Quel âge ?

— Trente, trente-cinq ans, peut-être quarante ans... »

8

Le dernier sommeil

Bien après que Bruce se fut endormi, Jim demeura seul à méditer sous les étoiles, tandis que le feu, à ses pieds, passait du rouge vif au rouge sombre.

Ce soir, plus que jamais peut-être, il sentait peser sur lui l'Esprit du désert, qui éveillait dans son être des désirs étranges, en même temps qu'un apaisement profond.

Le merveilleux et mystérieux Esprit de la montagne, des lacs, des forêts et du silence, l'avait enchaîné par des liens indissolubles, après tant d'années passées à errer dans les solitudes du Nord.

Son désir le plus impérieux était de faire connaître au monde la poésie majestueuse du désert canadien. Il eût voulu que les autres hommes pussent sentir ce qu'il sentait, et voir et surtout comprendre ce qu'il voyait lui-même et comprenait.

Depuis des années, il avait réglé sa vie de manière à passer la majeure partie de son temps dans la grande solitude. Il avait alors la passion de tuer. Sa maison s'emplissait de trophées de chasse, têtes et peaux de bêtes qu'il avait abattues.

Au cours des dernières semaines, il avait laissé vivre des centaines de bêtes qu'il eût pu facilement abattre.

Aujourd'hui même, il avait épargné deux ours !

Au plaisir ancien de la chasse se substituait lentement, mais sûrement, un autre plaisir.

Il n'était plus capable de tuer pour le seul plaisir de tuer.

Il se souvenait d'un rêve étrange qu'il avait fait en s'endormant, un soir, sur son travail, dans le bureau de sa maison.

Les têtes naturalisées[1] accrochées au mur s'étaient mises à revivre et, l'une après l'autre, tournant vers lui leurs grands yeux brillants de lumière, l'avaient accusé de meurtre.

Quarante ans ! les paroles de Bruce résonnaient encore à ses oreilles.

Si un animal pouvait atteindre un âge aussi avancé, combien d'années de vie n'avait-il pas détruites, lui, Jim Langdon, en ces jours de massacres où il s'estimait un chasseur heureux ?

---

1. Empaillées (chez le taxidermiste).

Combien d'années de vie avait-il volées aux animaux abattus par lui ?

Ne s'était-il pas conduit en bourreau le jour où il avait tué trois ours sur un éboulis de montagne et deux caribous dans la vallée ?

Cent ans de battements de cœur, de bonheur paisible... Il avait détruit cent ans en trente minutes, pour le seul plaisir de tuer !

Il se mit à additionner, en regardant fixement le feu, le total de ses destructions, et il arriva à mille ans. Il se leva et sortit du camp sous la lumière froide des étoiles. Il écouta le ronron nocturne de la vallée et emplit ses poumons de l'air balsamique, cependant qu'il se demandait ce qu'il avait gagné dans cet anéantissement de dix siècles de vie.

Il conclut qu'il n'avait rien gagné du tout. Ce fameux jour où il avait détruit cinq bêtes, il ne s'était pas senti plus joyeux qu'à la fin de ce jour où il n'avait pourtant rien abattu. Certes, il avait perdu son désir de tuer, mais la chasse gardait à ses yeux un attrait plus grand que jamais. Elle tenait même pour lui en réserve des joies qu'il n'avait jamais connues auparavant.

Il contempla la vallée éclairée d'étoiles où, pensait-il, Tyr devait se cacher...

C'était là une chasse, une vraie chasse, et il s'était déjà promis de jouer franc jeu.

Il s'était décidé à poursuivre Tyr, mais Tyr seul. Il était enchanté de ne l'avoir point tué sur la pente. La chasse y gagnait en intérêt maintenant, à cause de la méfiance du grand grizzly pour l'homme.

Jim était certain qu'il n'éprouverait pas de remords à abattre Tyr.

L'énorme bête qu'il avait vue et sur laquelle il avait tiré ne serait pas une proie facile. Elle donnerait aux deux compagnons du fil à retordre. Elle se défendrait désespérément, et les chiens auraient de l'ouvrage si Metoosin arrivait à temps avec eux.

Tyr était averti.

Il lui était loisible de changer de territoire et de s'échapper, ou bien il pouvait rester sur place et combattre.

Jim estimait que l'ours ne changerait pas de territoire. Il alla donc se coucher dans l'attente joyeuse du lendemain.

Il fut éveillé quelques heures plus tard par un déluge de pluie qui le fit bondir de ses couvertures avec un cri d'avertissement à Bruce.

« Nous avons été stupides de ne pas monter notre tente ! » dit Bruce.

La nuit était aussi sombre qu'une caverne, sauf lorsqu'elle se zébrait d'éclairs et que la montagne s'emplissait du roulement sinistre du tonnerre.

Jim se leva. À la lueur d'un éclair, il aperçut Bruce assis sur son lit de camp, les cheveux trempés. À cette vue, il éclata de rire.

« Il fera beau demain ! railla-t-il en répétant les paroles prononcées par Bruce quelques heures auparavant. Regarde comme la neige est blanche sur les pics ! »

La réplique de Bruce fut étouffée par le fracas du tonnerre.

Jim attendit un autre éclair et se précipita vers l'abri offert par les sapins les plus épais. Il y demeura tapi, recroquevillé sur lui-même pendant cinq à dix minutes. Puis la pluie cessa soudain comme elle avait commencé ; le tonnerre s'éloigna vers le sud, et les éclairs l'accompagnèrent.

Dans l'obscurité, Jim entendit Bruce qui fouillait parmi les objets du campement. Puis, une allumette fut grattée, et Bruce regarda sa montre.

« Il est près de trois heures, dit-il, quelle maudite pluie !

— Je m'y attendais, à cette pluie, répliqua Jim sur le ton de la plaisanterie. Tu sais, Bruce, quand la neige est aussi blanche sur les pics...

— Tais-toi. Et allumons du feu. C'est une veine que nous ayons eu l'idée de recouvrir nos vivres avec des couvertures... Es-tu mouillé ? »

Jim tordait ses cheveux pour les égoutter.

« Non, répondit-il, j'étais à l'abri sous les sapins ! Quand tu as attiré mon attention sur la blancheur de la neige... je me suis méfié tout de suite.

— Au diable, la neige ! » grogna Bruce.

Et Jim l'entendit qui cassait les basses branches d'un sapin.

Il l'aida et, cinq minutes plus tard, les deux hommes avaient allumé une belle flambée.

La lueur du feu illuminant leurs visages, ils se rendirent compte qu'ils n'étaient ni l'un ni l'autre de mauvaise humeur.

Bruce souriait entre ses mèches détrempées.

« J'étais dans le plus profond sommeil quand ça a commencé, expliqua-t-il, et je rêvais que j'étais tombé dans un lac. Quand je me suis réveillé, j'essayais de nager ! »

Une averse au début de juillet, dans les montagnes du nord de la Colombie britannique, n'est pas particulièrement tiède. Pendant une bonne heure, Jim et Bruce continuèrent à alimenter le feu pour sécher leurs couvertures et leurs vêtements.

Il était cinq heures lorsqu'ils déjeunèrent, et il en était six lorsqu'ils se remirent en route avec leurs deux chevaux de selle et leur cheval de bât.

Bruce eut la satisfaction d'une revanche sur Jim. Ses prévisions se vérifièrent. En effet, une journée merveilleuse succéda à l'orage.

Les prairies que foulaient les chevaux demeuraient humides. La vallée ronronnait plus fort, les ruisseaux s'étaient enflés.

Sur le sommet des montagnes, la moitié de la neige avait été balayée, et les fleurs semblaient à Jim plus hautes et plus belles. L'air qui flottait dans la vallée était chargé de la fraîcheur et de la douceur du matin.

Le soleil répandait sur toutes choses ses tièdes rayons d'or.

Les deux chasseurs continuèrent à remonter le cours du ruisseau, se penchant sur leurs selles pour examiner les bancs de sable qu'ils franchissaient. Ils n'avaient pas parcouru quatre cents mètres lorsque Bruce poussa une exclamation et s'arrêta. Il désignait un petit banc de sable rond sur lequel Tyr avait laissé une de ses larges empreintes.

Jim sauta à terre et mesura l'empreinte.

« C'est lui, s'écria-t-il avec une ardeur nouvelle dans la voix. Ne ferions-nous pas mieux d'abandonner les chevaux, Bruce ? »

Le guide hocha la tête. Mais avant de formuler une opinion, il mit à son tour pied à terre et étudia les flancs de la montagne à l'aide de sa lorgnette. Jim en fit autant avec ses jumelles prismatiques, mais sans rien découvrir lui non plus.

« Il est toujours dans les bas-fonds et probablement à quatre ou cinq kilomètres devant nous, fit Bruce... Nous pouvons toujours parcourir trois kilomètres à cheval, avant de chercher un endroit où attacher nos canassons. Là-bas l'herbe et les buissons seront sûrement secs. »

Il leur fut facile dès lors de suivre la piste de Tyr, car le grizzly ne s'était plus guère écarté du ruisseau.

À trois ou quatre cents mètres du grand éboulis au détour duquel le grizzly avait découvert l'ourson, s'érigeait un petit boqueteau de pins au creux d'une

courbe herbeuse. Les chasseurs dessellèrent leurs chevaux et les entravèrent[1].

Vingt minutes plus tard, ils foulaient avec prudence le tapis de sable fin sur lequel Tyr et Muskwa avaient fait connaissance.

La pluie avait effacé les empreintes de l'ourson, mais le sable gardait celles du grizzly.

Les yeux de Bruce scintillaient lorsqu'il se retourna vers Jim.

« Il n'est pas très loin, chuchota-t-il. Ça ne m'étonnerait pas qu'il ait passé la nuit tout près d'ici. Il doit être en train de s'étirer dans les parages. »

Il mouilla l'un de ses doigts et le tint au-dessus de lui, pour voir d'où venait le vent. Puis il hocha la tête :

« Vaudrait mieux gravir la pente. »

Ils achevèrent de contourner l'éboulis, le doigt sur la détente de leurs carabines, et se dirigèrent vers un étroit ravin qui semblait permettre d'accéder facilement aux premières pentes.

À l'entrée du ravin, ils s'arrêtèrent de nouveau. Le fond en était couvert de sable noir, et ce sable portait les empreintes d'un autre ours.

Bruce se laissa tomber sur les genoux.

« C'est un autre grizzly, fit Jim.

— Jamais de la vie ! C'est un ours noir, protesta Bruce... Mon pauvre Jim, je n'arriverai jamais à te fourrer dans la tête la différence entre les empreintes d'un

1. Attachèrent (au moyen d'une entrave).

ours noir et celles d'un grizzly ! Cette empreinte est celle d'une patte de derrière. Le talon est rond. S'il s'agissait d'un grizzly, le talon serait pointu. L'empreinte est trop large pour être celle d'un grizzly, et les griffes sont trop longues par rapport à la plante. Ça se voit comme le nez au milieu du visage qu'il s'agit d'un ours noir !

— Et il va du même côté que nous, fit Jim. Suivons-le ! »

L'ours était sorti du ravin à deux cents mètres de l'entrée. Jim et Bruce l'imitèrent.

Dans l'herbe épaisse et les cailloux de la première crête de la pente, la piste se perdit rapidement. Mais les chasseurs ne s'en souciaient guère.

De la hauteur à laquelle ils se trouvaient, ils avaient une vue parfaite des terrains en contrebas.

Pas une seule fois, Bruce ne quitta des yeux le cours du ruisseau.

Il savait que c'était là qu'ils découvriraient le grizzly, et rien d'autre ne l'intéressait pour le moment.

Jim, pour sa part, s'intéressait à tout ce qui vivait et bougeait alentour.

Chaque masse de rochers et chaque buisson d'épines pouvant receler un animal, il fouillait aussi bien du regard les arêtes supérieures que les pics.

C'est ainsi qu'il surprit un détail qui lui fit empoigner le bras de son compagnon... et tous deux s'aplatirent sur le sol.

« Regarde », chuchota Jim en étendant le bras. De

sa position couchée, Bruce regarda, les yeux écarquillés de surprise.

À moins de dix mètres au-dessus d'eux s'élevait un gros rocher en forme de caisse, et derrière ce rocher, apparaissait l'arrière-train d'un ours.

Il s'agissait d'un ours noir, dont le pelage soyeux luisait au soleil.

Pendant une demi-minute, Bruce continua d'écarquiller les yeux. Puis il eut un rire :

« Il dort, dit-il. Tu vas voir quelque chose de drôle, Jim ! »

Il posa son fusil et tira son long couteau de chasse.

« Si tu n'as jamais vu *courir* un ours... reprit-il, tu vas en voir un. Ne bouge pas ! »

Il se mit à ramper lentement et silencieusement vers le rocher tandis que Jim retenait son souffle, curieux de ce qui allait se passer.

Deux fois, Bruce se retourna vers lui, la face épanouie d'un large sourire.

Finalement, Bruce atteignit le rocher. La longue lame de couteau scintilla au soleil, puis elle s'abattit, et un demi-centimètre d'acier s'enfonça dans le flanc de l'ours.

Jim ne devait jamais oublier ce qui s'ensuivit.

L'ours n'eut pas un frémissement.

Bruce, cette fois, piqua plus fort.

L'ours ne remuait toujours pas. Du coup, Bruce resta stupéfait.

Ce fut la bouche grande ouverte qu'il se retourna vers Jim.

« Qu'est-ce que tu penses de ça, mon vieux ? fit-il. Il n'est pas endormi... il est mort ! »

Jim courut jusqu'à Bruce et ils firent le tour du rocher.

Bruce tenait toujours son couteau à la main, et il y avait une drôle d'expression sur son visage.

« Je n'ai jamais rien vu de pareil, dit-il finalement en remettant son couteau dans la gaine. Ce n'est pas un ours. C'est une ourse. Et elle devait avoir des oursons.

— Elle fouissait pour déterrer un loir, ajouta Jim, et elle a eu la tête écrasée par le rocher. C'est bien cela, n'est-ce pas ? »

Bruce hocha affirmativement la tête.

« Je n'ai jamais rien vu de pareil, répéta-t-il. Je me suis souvent demandé comment les ours ne se font pas tuer plus fréquemment en creusant sous des rochers mal équilibrés. Mais c'est la première fois que je vois ça. Et les oursons ? pauvres petits !

— Ils mourront de faim, dit Jim.

— S'il n'y en a qu'un, c'est probable. Les oursons sont un peu comme les enfants. Ils ne savent guère se débrouiller tout seuls ! »

9

Le duel de Tyr

L'encorbellement sur lequel dormaient Tyr et Muskwa fut baigné par les premiers rayons du soleil, et la température y fut bientôt plus que tiède.

Tyr, lorsqu'il s'éveilla, se contenta de s'étirer sans se lever. Il éprouvait un grand bien-être, et il ne se sentait pas pressé de quitter ce bain vivifiant de soleil.

Longuement, il regarda Muskwa avec une expression de curiosité.

Pendant la fraîcheur nocturne, l'ourson s'était blotti tout contre lui, entre ses pattes de devant, et il reposait toujours à cet endroit, en gémissant parfois à la manière des tout-petits.

Au bout d'un certain temps, Tyr fit quelque chose dont il n'avait jamais été capable auparavant : il flaira doucement la petite balle de fourrure tiède nichée entre ses pattes, et passa sa large langue rouge sur le museau de Muskwa.

Et Muskwa, qui rêvait peut-être de sa mère, se blottit encore plus étroitement.

Le grand grizzly ne s'était pas encore fait à cet état de choses. Il lui fallait surmonter l'aversion que lui inspiraient les oursons en général et dominer des habitudes contractées pendant dix années de solitude.

Et cependant il commençait à comprendre qu'il y avait quelque chose de très agréable dans la compagnie de Muskwa. Au moment même où l'homme apparaissait dans sa vie, une émotion neuve se formait en lui ou, du moins, l'étincelle d'une émotion.

Jusqu'au jour où l'on doit tenir tête à l'ennemi et où l'on est menacé par un danger mortel, on n'apprécie pas complètement l'amitié.

Tyr, sur la piste de qui s'acheminaient pour la première fois des ennemis implacables, et qui se sentait vraiment menacé, entrevoyait confusément les bienfaits d'une amitié.

Ainsi donc, tandis que Muskwa continuait à dormir et à rêver au soleil, un contentement croissant emplissait l'âme de Tyr.

Il scruta les fonds de la vallée, luisants encore d'humidité, et il n'y vit rien d'inquiétant. Il flaira l'air qui embaumait la fraîcheur de l'herbe, des fleurs et des pins balsamiques. Il se mit à lécher sa blessure, et ce fut ce mouvement qui réveilla Muskwa.

L'ourson leva la tête, cligna les yeux à plusieurs reprises, se frotta le museau avec les pattes et se dressa frais et dispos...

Les fatigues de la veille étaient déjà oubliées.

Tandis que Tyr demeurait paisiblement allongé à contempler la vallée, Muskwa s'en fut explorer les crevasses des rochers voisins.

Tyr cessa de regarder la vallée pour observer l'ourson avec une curiosité bourrue.

Puis il se leva lourdement à son tour et se secoua.

Pendant au moins cinq minutes, il reporta ses regards sur la vallée et flaira le vent, aussi immobile qu'un bloc de pierre, tandis que Muskwa, les oreilles dressées vint se planter près de lui.

La tête levée vers son gigantesque compagnon, il semblait dire :

« Et maintenant, qu'allons-nous faire ? »

Le grand grizzly répondit à la question en commençant à descendre vers la vallée, et Muskwa le suivit, comme il l'avait fait la veille.

L'ourson se sentait deux fois plus gros et bien plus fort que le jour précédent, et il n'était déjà plus obsédé par le regret du lait maternel. Il faisait maintenant partie des mangeurs de viande et savait que, derrière Tyr, il regagnait le théâtre du festin de la veille.

Le grand et le petit ours avaient parcouru la moitié de la distance qui les séparait de la vallée, lorsqu'une saute de vent apporta à Tyr un fumet qui lui fit émettre un mugissement de rage.

Il s'arrêta quelques secondes et, en signe de colère, son épaisse collerette de poils se hérissa.

L'odeur qu'il avait captée provenait de la direction de sa vallée personnelle. Et il n'était pas d'humeur à la tolérer en ce lieu.

C'était l'odeur puissante d'un autre ours. Elle venait directement du boqueteau de pins balsamiques où était cachée la carcasse du caribou.

Tyr n'eut qu'une brève hésitation.

Il se mit à descendre si rapidement que Muskwa avait peine à le suivre. Il ne s'arrêta qu'à l'extrémité du plateau surplombant le lac et le bois.

Muskwa haletait, la mâchoire ouverte. Brusquement, ses oreilles se dressèrent, son regard se figea, et tous les muscles de son petit corps devinrent rigides.

À cent mètres en contrebas, Tyr pouvait constater que sa cachette avait été violée. Le voleur était un superbe ours noir.

Il devait peser environ cent kilos de moins que Tyr, mais il était de taille plus haute.

C'était assurément le plus fort et le plus hardi des ours qui eussent pénétré de longtemps sur le territoire du grizzly.

Il avait tiré la carcasse du caribou de sa cachette et était en train de manger lorsque Tyr et Muskwa l'aperçurent.

Au bout d'un moment, Muskwa considéra Tyr d'un air interrogateur.

« Qu'allons-nous faire ? semblait-il demander. Il nous a chipé notre déjeuner ! »

Tyr se remit en marche lentement. Lorsqu'il atteignit la pelouse à trente ou quarante mètres peut-être du redoutable voleur, il s'arrêta de nouveau.

Il n'y avait rien de particulièrement menaçant dans son attitude, si ce n'est que sa collerette se hérissait de plus en plus.

L'ours noir leva la tête et, pendant une bonne demiminute, les deux adversaires se dévisagèrent.

L'énorme tête du grizzly se balançait maintenant de gauche à droite en un lent mouvement de pendule.

L'ours noir était aussi immobile qu'un sphinx.

Muskwa était resté à quelques pas derrière Tyr.

Il se rendait compte confusément qu'il allait se passer quelque chose... et il était tout prêt à mettre son petit bout de queue entre ses jambes et à s'enfuir. Il était fortement intrigué par le mouvement de pendule de la tête de Tyr.

La nature entière connaît la signification de ce balancement. L'homme, lui aussi, a appris à la connaître.

« Méfie-toi du grizzly qui balance sa tête », tel est le premier commandement du chasseur en montagne.

Le grand ours noir savait à quoi s'en tenir au sujet de ce balancement, et Tyr s'attendait à le voir, comme les autres ours de son domaine, reculer, faire une pirouette et décamper.

Tyr lui accorda donc tout le temps nécessaire.

Mais l'ours noir était nouveau venu dans la vallée.

Peut-être n'avait-il jamais été rossé ? Peut-être avait-il été maître incontesté d'un autre territoire ?

Il ne recula pas. Ce fut même lui qui poussa le premier grondement de menace.

Toujours lentement, Tyr marcha droit sur le voleur.

Muskwa le suivit encore un peu, puis s'aplatit sur le sol.

À courte distance de la carcasse, Tyr s'arrêta de nouveau. Cette fois, sa tête se balançait plus rapidement et un grondement de tonnerre sortait de ses mâchoires entrouvertes.

Les crocs de l'ours noir s'étaient découverts.

Muskwa poussa un gémissement.

Tyr continuait d'avancer à tout petits pas. Ses mâchoires frôlaient le sol. Son corps énorme semblait se tasser. L'ours noir ne lâchait pas pied.

Quand ils ne furent plus séparés que par une distance d'un mètre, il y eut un temps d'arrêt. Semblables à des hommes en colère, ils cherchaient à se terroriser mutuellement par la fixité de leur regard.

Muskwa tremblait comme s'il avait eu la fièvre et il gémissait sans interruption. Ce gémissement atteignit les oreilles de Tyr. Ce qui se passa alors se produisit si rapidement que Muskwa en devint muet de terreur et qu'il demeura aplati sur la terre, aussi immobile qu'une pierre. Avec ce rugissement rauque particulier au grizzly, Tyr se précipita sur l'ours noir. Celui-ci se souleva légèrement sur son arrière-train, juste assez pour se rejeter un peu en arrière. Les deux poitrines énormes se heurtèrent. L'ours noir roula sur le dos, mais Tyr était trop avisé pour se laisser prendre à cette ruse, si bien que les griffes tranchantes de l'ours noir ne rencontrèrent que le vide lorsque sa patte postérieure droite se détendit violemment ; en revanche, Tyr enfonça ses longues canines jusqu'à l'os de l'épaule de son ennemi ; en même temps, il lui portait un terrible coup avec le revers de sa patte gauche. Mais Tyr était un fouisseur. Ses griffes étaient usées. L'ours noir, lui, était un grimpeur d'arbres. Il avait des griffes comme des couteaux. Elles plongèrent dans l'épaule déjà blessée de Tyr. Le sang jaillit.

Avec un rugissement qui fit trembler le sol, le grand grizzly se dressa de toute sa hauteur. Il avait donné un avertissement à l'ours noir. Même après le début de cette échauffourée[1], l'intrus eût pu battre en retraite sans risquer d'être poursuivi. Mais, dorénavant, il s'agissait d'une lutte à mort. L'ours noir avait fait plus que de saccager la cachette. Il avait rouvert la blessure de Tyr, la blessure que l'homme lui avait infligée. Une minute auparavant, Tyr ne combattait que pour son bon droit, sans grande animosité et sans désir de tuer. Maintenant, il se dressait, terrible. Ses lèvres se retroussaient au point de découvrir ses dents blanches et ses gencives rouges. Des muscles se gonflaient comme des cordes sur ses narines et, entre ses yeux,

1. Bagarre.

se creusait une fente semblable à celle que laisse un coup de hache dans un tronc de sapin. Ses prunelles brillaient comme des escarboucles[1], et leurs pupilles, d'un vert noir, se trouvaient presque noyées dans le flamboiement qui s'en dégageait.

Mais Tyr ne combattit pas longtemps debout.

Pendant peut-être cinq ou six secondes, il demeura dressé. Cependant, comme l'ours noir faisait un pas en avant, il se laissa retomber rapidement sur les pattes.

L'ours noir l'imita aussitôt et, dès lors, pendant de longues minutes, Muskwa, toujours allongé sur le sol, observa le combat avec des yeux brillants.

Ce fut l'une de ces batailles terribles dont seules sont témoins les jungles et les montagnes. Les rugissements des combattants réveillèrent tous les échos des vallées.

Comme des créatures humaines, les deux fauves géants se servaient, pour s'étreindre, de leurs puissants avant-bras, tandis qu'ils s'entre-déchiraient de leurs crocs et de leurs griffes de derrière.

Pendant deux minutes, ils demeurèrent étroitement embrassés, roulant sur le sol.

L'ours noir griffait férocement. Tyr se servait surtout de ses dents et de sa terrible patte droite postérieure.

Il ne cherchait pas à déchirer son adversaire avec ses pattes de devant. Il s'en servait seulement pour tenter de le renverser.

---

1. Pierres précieuses de couleur rouge foncé éclatant.

Il luttait pour se placer lui-même sous l'ours noir, espérant ainsi l'éventrer comme il avait éventré le caribou.

Sans répit, il enfonçait ses longs crocs dans la chair de son ennemi. Mais l'ours noir savait, lui aussi, se servir de ses dents et mettait en pièces l'épaule de Tyr. Soudain leurs mâchoires se rencontrèrent.

Muskwa entendit le heurt. Il entendit le grincement des crocs contre les crocs, puis le craquement d'un os broyé. L'ours noir fut soudain jeté sur le côté comme s'il avait eu le cou brisé. Tyr le prit à la gorge.

Cependant, l'ours noir combattait toujours. Mais sa gueule ouverte et saignante était impuissante maintenant que Tyr avait refermé la sienne sur sa gorge.

Muskwa se dressa. Il frissonnait d'une nouvelle et étrange émotion.

Ce n'était pas là un jeu semblable à ceux auxquels il jouait avec sa mère.

Pour la première fois, il assistait à une bataille. Avec un grondement enfantin, il se précipita dans la mêlée.

Ses petites dents se plantèrent dans le poil épais et le cuir solide de l'arrière-train de l'ours noir.

Arc-bouté sur ses pattes de devant, Muskwa tirait sur une touffe de poils avec une rage aveugle.

L'ours noir se retourna sur le dos et, avec l'une de ses pattes de derrière, laboura Tyr de la poitrine au bas-ventre.

Un coup pareil eût éventré un caribou ou un cerf.

Il causa à Tyr une longue et profonde blessure. Mais

le grizzly se jeta sur le côté et le second coup de l'ours noir atteignit Muskwa. L'ourson fut projeté à une distance de plusieurs mètres et demeura étourdi sur le sol.

Au même instant, Tyr cessa de fouiller avec ses dents dans la gorge de son ennemi, et il fit un bond de côté.

Il était ruisselant de sang.

L'épaule de l'ours noir, sa poitrine et son cou étaient striés de blessures et de gros quartiers de chair avaient été arrachés à son corps.

Il fit un effort pour se lever. Mais Tyr se rua de nouveau sur lui. Cette fois, il s'assura la prise la plus meurtrière. Ses mâchoires puissantes se refermèrent sur le museau de l'ours noir. Il y eut un craquement retentissant. Alors, le combat cessa.

L'ours noir ne pouvait pas vivre après une telle mutilation.

Mais Tyr, sans tenir compte de ce fait, se mit en devoir de l'éventrer avec ses pattes de derrière... Il continua, pendant dix minutes, à s'acharner sur le cadavre de son adversaire. Et, lorsqu'il eut terminé, la scène du combat était horrible à voir.

Le sol, labouré et tout rouge, était couvert de grands lambeaux de peau et de morceaux de chair.

Et l'ours noir était ouvert sur toute sa longueur.

À trois kilomètres de là, pâles et presque sans souffle, les yeux aux oculaires des jumelles et de la longue-vue, Jim et Bruce étaient accroupis près d'un rocher, sur le flanc de la montagne.

Malgré la distance, ils avaient assisté à toutes les péripéties du terrifiant spectacle, mais ils n'avaient pas vu l'ourson.

Comme Tyr reprenait son souffle au-dessus de son ennemi mort, Jim abaissa les jumelles.

« Mon Dieu ! » murmura-t-il.

Bruce se redressa.

« Viens, cria-t-il. Le noir est mort. Si nous nous dépêchons, nous l'aurons, ton grizzly ! »

Là-bas, dans la prairie, Muskwa accourait vers Tyr avec un morceau de peau et de poils encore chaud dans sa gueule.

Tyr abaissa sa grande tête saignante, et sa langue caressa le museau de Muskwa.

L'ourson à frimousse brune avait fait ses preuves, Tyr ne l'ignorait pas.

10

Par-dessus les montagnes

Ni Tyr ni Muskwa ne touchèrent à la carcasse du caribou après le grand combat.

Tyr n'était pas en état de manger, et Muskwa était tellement ému qu'il n'aurait pu avaler une seule bouchée.

Il continuait à mâchonner un morceau de peau noire. Pendant de longues minutes, le grizzly demeura la tête basse, tandis que le sang s'amassait en petites mares au-dessous de lui.

Il faisait face à l'entrée de la vallée.

Il y avait si peu de vent qu'il était à peu près impossible d'en deviner la direction.

Parfois, cependant, des tourbillons se formaient, et

une brise plus forte soufflait sur les épaulements et sur les pics.

De temps en temps, une rafale des couches supérieures s'abattait brusquement et balayait la vallée en agitant les cimes des pins balsamiques.

L'une d'elles, plus violente, apporta avec elle l'odeur de l'homme.

De la léthargie dans laquelle il était momentanément plongé, Tyr se réveilla avec un brusque grognement.

Il leva la tête et flaira le vent. Muskwa cessa de passer sa rage sur le lambeau de peau et flaira le vent lui aussi.

Oui, c'était bien l'odeur de l'homme. Jim et Bruce couraient et ils transpiraient. L'odeur de la sueur humaine est âcre et se sent de loin.

Elle emplit Tyr d'une rage nouvelle.

Il la percevait pour la seconde fois, et toujours quand il était blessé.

Il avait déjà associé odeur de l'homme et douleur.

Cette impression se confirmait.

Il tourna la tête et gronda dans la direction du cadavre mutilé de son ennemi.

Puis il gronda d'un ton menaçant dans la direction du vent. Il n'était pas d'humeur à fuir.

À ce moment, si Bruce et Jim étaient apparus pardessus la crête, Tyr les eût chargés avec cette obstination féroce que les balles peuvent à peine arrêter et qui a valu aux grizzlys leur terrible réputation.

Mais le vent tomba bientôt. Il s'ensuivit quelques instants de calme.

La vallée s'emplissait du ronronnement des eaux courantes, les loirs se répondaient doucement de rocher en rocher.

Des perdrix s'appelaient, là-bas, dans la prairie verte.

Pendant cinq minutes, Tyr continua de gronder et de grogner. Puis ses grondements et ses grognements s'atténuèrent progressivement, et il finit par se diriger vers le ravin par lequel Muskwa et lui-même étaient descendus précédemment.

Muskwa se mit en marche dans son sillage. Les accidents du ravin ne tardèrent pas à les masquer.

Les blessures que Tyr venait de recevoir avaient cessé de saigner dès les premières minutes, contrairement à ce qui se produit pour les blessures par balles. Et le grizzly n'avait pas laissé de piste ensanglantée derrière lui.

Le ravin les conduisit à un éboulis chaotique. Là, ils furent peut-être encore mieux dissimulés.

Ils s'arrêtèrent et burent à une mare formée par la fonte des neiges. Puis, ils reprirent leur marche.

Tyr ne s'arrêta pas lorsqu'il eut atteint l'encorbellement sur lequel il avait dormi avec Muskwa pendant la nuit précédente.

Cette fois, Muskwa n'était pas fatigué.

En deux jours, un grand changement s'était produit

en lui. Il était moins gras et plus fort, beaucoup plus fort. Il commençait à s'endurcir sous la tutelle de Tyr.

Le grizzly savait évidemment où il allait. Il se dirigea sans hésitation vers une sorte de brèche étroite dans le flanc presque à pic de la montagne... et s'y engagea, suivi de très près par l'ourson.

Ils émergèrent, à l'autre extrémité, sur un éboulis tumultueux qui ressemblait à une carrière.

Il était à peu près impossible pour Muskwa de progresser dans ce chaos de blocs anguleux. Comme Tyr gravissait les premiers rochers, l'ourson s'arrêta et se mit à gémir.

C'était la première fois qu'il cédait. Lorsqu'il constata que Tyr ne prêtait aucune attention à ses gémissements, une terreur s'empara de lui, et il se mit à crier au secours de toutes ses forces, en cherchant frénétiquement à découvrir un chemin parmi les rochers.

Complètement indifférent, semblait-il, aux malheurs de Muskwa, Tyr continua à marcher pendant une bonne trentaine de mètres. Enfin, il s'arrêta, fit carrément demi-tour et attendit.

Voyant cela, Muskwa reprit courage.

S'agrippant des griffes et même des dents, il parvint à rejoindre Tyr après dix minutes d'efforts, complètement essoufflé. Puis, tout à coup, ses terreurs se dissipèrent.

Car Tyr se trouvait sur un sentier blanc et étroit aussi solide que du ciment. Ce sentier, large tout au plus d'une vingtaine de centimètres, avait été fait au cours des siècles par les sabots de centaines et peut-être de milliers de générations de moutons sauvages.

Tyr s'en servait parfois pour passer d'une vallée à l'autre, mais d'autres bêtes de la montagne l'utilisaient plus fréquemment que lui.

Tandis qu'il attendait que Muskwa reprît son souffle, il perçut une sorte de gloussement. Un peu plus loin, le sentier disparaissait derrière un gros bloc et, derrière ce bloc, apparut bientôt un énorme porc-épic, qui s'avançait lentement.

Une loi des solitudes du Nord interdit aux hommes de tuer les porcs-épics.

Le porc-épic est l'humoriste du désert, la bête la plus joyeuse, la plus satisfaite qui ait jamais respiré, celle aussi qui possède le meilleur caractère.

Il ne cesse de soliloquer[1], de bavarder et de glousser. Lorsqu'il voyage, il ressemble à une pelote d'épingles animée et ne s'inquiète pas du tout de ce qui se passe autour de lui.

Tandis que ledit porc-épic, un animal de forte taille, descendait dans la direction de Muskwa et de Tyr, les piquants de ses flancs et de sa queue cliquetaient sur la pierre. Ses yeux ne regardaient que le sentier. Il était si profondément absorbé dans ses pensées qu'il ne vit Tyr que lorsqu'il fut tout près de lui.

---

1. Parler pour soi-même, monologuer.

Alors, en un clin d'œil, il se mit en boule et, pendant quelques secondes, il vociféra férocement.

Après quoi, il devint aussi silencieux qu'un sphinx, observant de ses petits yeux rouges l'ours formidable.

Tyr n'avait pas envie de le tuer. Mais le sentier était étroit et le grizzly était sur le point de se remettre en route.

Il fit un pas en avant. Le porc-épic lui tourna le dos et se tint prêt à lui administrer un coup de sa queue puissante.

Il y avait dans cette queue plus d'une centaine de piquants. Comme Tyr était entré plus d'une fois en contact avec des piquants tout semblables, il hésita.

Muskwa observait cette scène avec intérêt.

Il ne connaissait pas encore la tactique à employer à l'égard des porcs-épics.

Tyr fit un autre pas en avant. Avec un brusque *chuck-chuck-chuck,* le bruit le plus formidable qu'il fût capable d'émettre, le porc-épic recula ; et sa queue large et épaisse fouetta l'air avec une force qui eût enfoncé ses piquants d'un bon demi-centimètre dans un tronc d'arbre.

Ayant raté son coup, il se remit en boule.

Tyr alors le contourna, puis, un peu plus loin, attendit Muskwa. Le porc-épic jubilait, très satisfait de son triomphe.

Il s'étira, aplatit un peu ses piquants et descendit vers Muskwa en se remettant à glousser.

Instinctivement, l'ourson se jeta sur le côté du sentier. Le porc-épic passa tout près de lui, totalement absorbé dans des pensées futiles.

L'aventure du sentier aux chèvres n'était pas encore entièrement terminée, car à peine le porc-épic avait-il parcouru cent mètres que, de derrière le gros rocher, apparut un lynx à la recherche de sa nourriture favorite.

Ce bandit de la montagne était trois fois aussi gros que Muskwa. Il n'était que muscles nerveux, os, griffes, dents aiguës. Il avait une marque blanche sur le front. Ses pattes étaient courbées et épaisses, sa queue touffue, et les griffes de ses pattes de devant presque aussi longues que celles d'un ours. Tyr ayant accueilli son apparition par un grondement de menace, le lynx fit demi-tour et s'éloigna dans la direction opposée.

Cependant, le porc-épic continuait à descendre en soliloquant. Il avait déjà oublié sa rencontre avec les ours. Il ignorerait toujours que Tyr l'avait sauvé d'une mort certaine.

Pendant près de deux kilomètres, Tyr et Muskwa suivirent le sentier des chèvres avant d'atteindre la crête de la montagne.

Ils étaient très loin maintenant du ruisseau, et la crête qui suivait le sentier était, par endroits, si étroite qu'ils pouvaient contempler simultanément les deux vallées.

La forêt, le long du ruisseau, n'était plus qu'un long serpent noir, et les bois de pins et de cèdres sur les pentes semblaient de toutes petites touffes d'herbe à buffle.

À pareille hauteur, le vent soufflait ferme. Muskwa était fouetté par les rafales. À plusieurs reprises, il sentit sous la plante de ses pieds le froid mystérieux et très désagréable de la neige.

Deux fois, un oiseau sembla vouloir s'abattre près de lui.

C'était un aigle, le plus grand oiseau qu'il eût jamais vu.

La seconde fois, Muskwa entendit battre ses ailes et put distinguer son bec féroce et ses serres ouvertes.

Tyr leva la tête et gronda.

Si Muskwa avait été seul, les serres se seraient refermées sur lui.

La troisième fois que l'aigle plongea, il descendit vers la vallée de gauche.

L'énorme oiseau avait décidé de s'attaquer à un autre gibier.

L'odeur de ce gibier ne tarda pas à monter jusqu'à Muskwa et jusqu'à Tyr, lesquels s'arrêtèrent.

À une centaine de mètres au-dessous d'eux, il y avait une sorte de cuvette au sol rocailleux, et, dans cette cuvette, se chauffant au soleil après leur repas du matin, une bande de moutons sauvages.

Ils étaient une trentaine, brebis et agneaux pour la plupart. Trois béliers puissants montaient la garde, à quelque distance.

L'aigle continua de planer sans bruit, ses ailes immenses déployées comme des éventails.

Les brebis et les vieux mâles eux-mêmes étaient inconscients de sa présence au-dessus d'eux.

La plupart des agneaux étaient couchés près de leurs mères. Mais trois d'entre eux, plus hardis ou plus alertes, s'amusaient à gambader sur les bords de la cuvette.

L'aigle ne perdait pas de vue ces trois imprudents. Soudain, il se laissa tomber sur eux comme une pierre.

Un bêlement d'agonie marqua son passage, et il n'y eut plus que deux agneaux là où il y en avait eu trois.

Une agitation désordonnée se propagea aussitôt parmi les moutons sauvages.

Les brebis se mirent à courir en tous sens et à bêler.

Les trois béliers bondirent et, le front dressé, scrutèrent les pics dans la crainte d'un nouveau danger.

L'un d'eux aperçut Tyr, et le bêlement d'avertissement qui sortit de sa gorge eût été entendu par un chasseur à deux kilomètres de distance.

Tout en lançant ce signal d'alarme, le bélier se précipita le long de la pente et, l'instant d'après, d'innombrables sabots martelaient les flancs schisteux[1] de la montagne.

Tout cela intéressait fort Muskwa. Et l'ourson serait demeuré volontiers à cet endroit si Tyr ne l'avait entraîné de nouveau.

1. De la nature du schiste, roche sédimentaire présentant une texture feuilletée.

Au bout d'une heure, le sentier commença à descendre vers la vallée que Tyr avait été obligé de fuir sous les premières balles de Jim.

Le grizzly et Muskwa étaient maintenant à dix kilomètres au nord de la haute futaie où les chasseurs avaient établi leur camp permanent, et ils se dirigeaient vers les affluents extérieurs de la Skeena.

Au bout d'une autre heure de voyage, ils atteignirent les pentes vertes.

Après les rochers et le vent froid, la vallée chaude et verdoyante semblait un paradis à Muskwa.

Quant à Tyr, il était évident qu'il avait un projet. La tête basse, il se dirigeait en droite ligne vers le nord. Il allait résolument, toujours à la même allure. Muskwa qui le suivait avec courage se demandait s'il s'arrêterait jamais, et ce qu'il pouvait bien y avoir au monde de plus intéressant pour un grand grizzly et un ourson brun que ces pentes merveilleusement ensoleillées ? Pourquoi Tyr semblait-il si pressé de les quitter ?

11

Bruce et Langdon sur le théâtre du combat

Trois minutes après l'arrivée des chasseurs essoufflés et en sueur sur le lieu de la bataille entre le grizzly et l'ours noir, Bruce était prêt à continuer la poursuite de Tyr.

Il savait que le grand grizzly ne pouvait être loin, et il était certain qu'il avait gravi le flanc de la montagne.

Il découvrit des empreintes dans le gravier du ravin au moment où le grizzly et l'ourson s'engageaient sur le sentier des chèvres.

Mais Jim ne voulait rien savoir pour continuer la poursuite immédiatement.

Ému par ce qu'il avait vu et par ce qu'il voyait maintenant autour de lui, Jim refusa de quitter le rocher taché de sang sur lequel le grizzly et l'ours noir s'étaient battus à mort.

« Même si j'étais sûr de ne pouvoir tirer un coup de fusil en chemin, je n'hésiterais pas à parcourir des centaines de kilomètres pour revoir pareil spectacle, dit-il. Ce qui s'est passé ici tout à l'heure vaut la peine qu'on y réfléchisse et qu'on y consacre un peu de temps. »

Patiemment Jim parcourut le champ de bataille, étudiant le sol labouré, les larges taches de sang sombre, les lambeaux de peau attachés et les terribles blessures dont le grand ours noir était mort.

Pendant une demi-heure, Bruce prêta moins d'attention à ces détails qu'à la carcasse du caribou.

À la fin de ce laps de temps, il appela Jim à la lisière du bois de sapins.

« Tu veux savoir ce qui s'est passé ? dit-il. Je peux te l'expliquer, Jim. »

Il rentra dans le boqueteau. Jim le suivit.

À quelques pas, sous les arbres, Bruce s'arrêta et montra le creux dans lequel Tyr avait caché le caribou.

« Tu avais bien deviné, Jim, fit-il. Notre grizzly est un carnivore. Hier soir, il a tué un caribou là-bas, dans une prairie. Je sais que c'est lui qui l'a tué et non l'ours noir, car les traces le long de la lisière de la forêt sont des traces de grizzly. Viens, je vais te montrer à quel endroit il a sauté sur le caribou ! »

Il conduisit son compagnon jusqu'à l'endroit où Tyr avait abattu le jeune caribou.

Il y avait des fragments de chair et une énorme tache à l'endroit où Tyr et Muskwa s'étaient régalés.

« Il a caché la carcasse dans le bois après s'être rassasié, reprit Bruce. Ce matin, l'ours noir est arrivé, a flairé la viande et a violé la cachette. Là-dessus, le grizzly est revenu pour déjeuner... Et voilà comment les choses se sont passées !

— Mais le grizzly peut revenir ? demanda Jim.

— Non. Il ne toucherait jamais à cette carcasse, même s'il mourait de faim. L'odeur de cette cachette doit même lui être horriblement désagréable à l'heure actuelle. »

Après cela, Bruce laissa Jim à ses réflexions et se remit à chercher les empreintes de Tyr.

À l'orée des pins, Jim s'assit une grande heure, se levant fréquemment pour vérifier un fait nouveau ou d'autres qu'il avait déjà découverts.

Cependant, Bruce explorait le ravin. Tyr n'avait pas laissé de traces de sang ; mais, où des profanes n'auraient rien vu, Bruce distinguait des signes de son passage.

Lorsqu'il rejoignit Jim, qui achevait de rédiger des notes, Bruce avait l'air satisfait.

« Il a franchi la montagne », dit-il.

Il était grand jour lorsque les deux chasseurs atteignirent l'endroit où Tyr et Muskwa avaient observé l'aigle et les moutons.

Ils y déjeunèrent et examinèrent la vallée avec les jumelles et la longue-vue.

Bruce demeura silencieux pendant un certain temps. Puis, il abaissa sa longue-vue et se tourna vers Jim.

« Je crois que je suis à peu près fixé sur son territoire, dit-il. Il règne sur ces deux vallées et notre camp est trop au sud. Tu vois ces arbres ? Eh bien, c'est là que devrait être notre camp. Qu'est-ce que tu dirais d'aller chercher les chevaux et de s'installer dans le voisinage de ces arbres ? Nous ne nous occuperons pas du grizzly jusqu'à demain... »

Jim fit un signe de tête affirmatif.

« On ne peut pas continuer et laisser les chevaux attachés au piquet dans la vallée », dit-il.

Puis il remit ses jumelles dans l'étui et se leva.

Brusquement, il s'immobilisa :

« Qu'est-ce que c'est que ça ?

— Je n'ai rien entendu », dit Bruce.

Pendant un moment, ils demeurèrent côte à côte. Une bouffée de vent leur siffla aux oreilles.

« Écoute, chuchota Jim.

— Les chiens ! cria Bruce.

— Oui, les chiens ! »

Ils se penchèrent en avant, en se tournant vers le sud. Là-bas, tout là-bas, dans le lointain, les airedales donnaient de la voix.

Metoosin était arrivé et cherchait les deux chasseurs dans la vallée !

12

Une belle pêche

Tyr semblait avoir le diable à ses trousses.

Quant au pauvre Muskwa, au moment où Jim et Bruce percevaient les premiers aboiements lointains des chiens, il était en proie à un sombre désespoir. Ce n'était pas une petite affaire pour lui que de suivre le grizzly !

Celui-ci allait à une allure rapide, sans ralentir et sans répit. Une heure après avoir quitté le sentier des chèvres, Tyr et l'ourson parvinrent à la ligne de partage des eaux.

D'une petite élévation au fond de la vallée, s'écoulaient, en sens inverse, deux ruisseaux, l'un vers le sud, dans la direction du lac Tac, l'autre vers le nord, jusqu'à la Badine, affluent de la Skeena.

Le niveau de leurs cours s'abaissait rapidement et, pour la première fois, Muskwa vit des marécages.

Les deux fuyards traversèrent des prairies où l'herbe était si haute et si touffue que Muskwa perdait de vue Tyr et devait se guider sur le bruit étouffé de ses pas.

Le ruisseau longeait, par endroits, les bords d'étangs sombres et tranquilles qui semblaient d'une profondeur démesurée.

Ces étangs fournirent à Muskwa des occasions de souffler.

Parfois, Tyr s'arrêtait sur la rive d'un étang et se mettait à flairer. Il paraissait à la recherche d'une chose qu'il semblait ne jamais trouver, et, chaque fois qu'il se remettait en route, Muskwa se sentait de plus en plus las.

À plus de dix kilomètres au nord de l'endroit où Bruce et Jim scrutaient la vallée, ils atteignirent un lac.

Muskwa n'avait jamais vu que des étendues d'eau ensoleillées. Il trouva à ce lac l'air sombre et peu sympathique.

La forêt se dressait tout près de la rive.

Des oiseaux bizarres croassaient dans les ruisseaux fangeux. Une odeur lourde et étrange se dégageait de l'eau, une odeur qui rappela à Muskwa qu'il avait faim et lui fit se lécher les babines.

Pendant une minute ou deux, Tyr, immobile, flaira lui aussi cette odeur. C'était celle que dégagent les poissons.

Lentement, le grand grizzly continua d'avancer le long du lac. Il parvint bientôt à l'embouchure d'un ruisseau qui n'avait pas plus de six mètres de large, mais qui était sombre, profond et tranquille comme le lac lui-même.

Pendant une centaine de mètres, Tyr suivit, en le remontant, le cours de ce ruisseau, jusqu'à un endroit où des arbres tombés en travers formaient un barrage.

Près de ce barrage, une écume verte couvrait l'eau.

Tyr savait ce qu'il y avait sous cette écume. Il s'engagea en silence sur les troncs enchevêtrés. Vers le milieu du ruisseau, il s'arrêta et, avec sa patte droite, écarta doucement l'écume verte.

Muskwa l'observait de ses petits yeux brillants. Il se rendait compte que Tyr était en train de pourvoir à leur repas, mais il se demandait avec un peu d'inquiétude comment le grizzly allait s'y prendre pour tirer de l'eau quelque nourriture.

Tyr s'aplatit sur le ventre, la tête et la patte droite tendues au-dessus du ruisseau.

Après quoi, il enfonça sa patte dans l'eau et l'y laissa pendre immobile.

Il voyait nettement jusqu'au fond. Pendant quelques instants, il ne vit que quelques branches et une longue racine sinueuse.

Puis un poisson se déplaça lentement : une truite de vingt-cinq centimètres !

Elle était en eau trop profonde. Tyr n'essaya même pas de l'attraper.

Il attendit patiemment. Bientôt, cette patience fut récompensée. Une deuxième truite apparut presque à la surface.

Au même instant, l'énorme patte de Tyr projeta en l'air une gerbe d'eau, et le poisson retomba avec un flop ! tout près de l'ourson.

Instantanément, Muskwa se jeta sur la truite.

Ses petites dents aiguës s'enfoncèrent dans la chair palpitante.

Tyr s'était redressé. Mais, lorsqu'il vit que Muskwa s'était emparé du poisson, il reprit sa position première.

Muskwa achevait de tuer la première truite, lorsqu'une deuxième gerbe d'eau s'éleva et une deuxième truite vint atterrir sur la rive.

Cette fois, Tyr rejoignit Muskwa, car il avait faim. Et, ce fut, au bord du ruisseau, un festin royal.

À cinq reprises, Tyr renouvela ses deux premiers exploits. Mais Muskwa, déjà rassasié, eût été incapable d'avaler une bouchée de plus.

Après leur repas, pendant quelques heures, le grizzly et l'ourson firent la sieste dans un fourré frais, près du barrage. Mais Muskwa ne dormit que d'un œil.

Il commençait à comprendre qu'il avait une part de responsabilité dans son association avec Tyr, et ses oreilles se dressaient au moindre bruit.

Chaque fois que Tyr remuait ou poussait un soupir, Muskwa s'en rendait compte.

Il éprouvait d'ailleurs un certain malaise. Il craignait confusément de perdre son grand ami, son fournisseur de nourriture, et il était bien décidé à ne pas se laisser abandonner.

Tyr, de son côté, n'avait pas l'intention d'abandonner son petit compagnon.

Il éprouvait pour Muskwa une affection croissante.

Il se leva et s'étira deux heures environ avant le coucher du soleil, puis fit sauter hors de l'eau trois nouveaux poissons.

Muskwa croqua la tête de l'une des truites, et Tyr mangea ce qui en restait. Après quoi, ils se remirent en route.

Muskwa pénétrait petit à petit dans un monde nouveau où l'on n'entendait plus le ronron des cascades, comme dans les vallées supérieures. Plus de marmottes, plus de perdrix, plus de loirs siffleurs. L'eau du lac s'étalait sans rides, sombre et profonde, étroitement encerclée par la forêt.

Il n'y avait plus de rochers à franchir, mais des troncs d'arbres pourris... et des enchevêtrements épais de lianes.

L'air aussi était différent. Il était très calme.

Sous les pattes des voyageurs s'étendait parfois un merveilleux tapis de mousse veloutée dans lequel Tyr enfonçait presque jusqu'aux aisselles.

La forêt était pleine d'ombres mystérieuses, et il y régnait l'odeur âcre d'une végétation pourrissante.

Tyr, dans cette forêt, allait plus lentement. Le silence

et l'obscurité semblaient réveiller sa prudence. Il progressait sans bruit. Fréquemment, il s'arrêtait, regardait autour de lui et tendait l'oreille. Tout bruit nouveau le faisait arrêter, la tête basse, les oreilles pointées.

À plusieurs reprises, Muskwa vit de grandes formes traverser la pénombre.

C'étaient de ces hiboux gris qui deviennent l'hiver d'un blanc de neige.

Plus tard, comme la nuit tombait, les voyageurs rencontrèrent une bête aux yeux exorbités, à l'aspect féroce, qui s'enfuit à la vue de Tyr. C'était un loup.

Il ne faisait pas encore tout à fait noir lorsque Tyr déboucha dans une clairière qui bordait un ruisseau et un petit lac.

L'air était chargé d'une odeur forte. Ce n'était pas l'odeur du poisson, et pourtant elle venait du lac, au centre duquel s'élevaient quatre ou cinq masses circulaires qui ressemblaient à des rochers.

Chaque fois qu'il passait à cet endroit, Tyr ne manquait jamais de rendre visite à la colonie des castors et, parfois, il se permettait de croquer un jeune mâle bien gras, en guise de souper ou de déjeuner.

Ce soir-là, il n'avait pas faim, et il avait hâte de s'éloigner.

Malgré tout, il demeura quelques minutes dans l'ombre, au bord du petit lac.

Les castors avaient commencé leur travail nocturne.

Muskwa ne tarda pas à comprendre ce que signifiaient les sillages brillants qui rayaient la surface de l'eau.

Au sommet de ces triangles argentés apparaissait toujours une petite tête plate.

Et l'ourson se rendit compte que la plupart de ces têtes se dirigeaient vers une longue barrière qui bloquait les eaux à une centaine de mètres.

Cette barrière était nouvelle pour Tyr. Celui-ci, possédant une connaissance approfondie des castors, se rendait compte que les petits architectes étaient en train d'agrandir leur domaine en construisant un nouveau barrage.

Pendant que Tyr et Muskwa contemplaient ce spectacle, deux gros travailleurs poussèrent une bûche à la surface du lac, et l'un d'eux se mit à la diriger vers le théâtre des opérations, tandis que son compagnon se rendait à une autre besogne.

Un peu plus tard, il y eut un craquement formidable. Un autre castor venait de réussir à abattre un arbre.

Au même instant, une espèce de détonation claqua au milieu du lac. Un vieux castor avait aperçu Tyr et, du plat de sa queue, avait frappé l'eau de toutes ses forces.

Aussitôt, il y eut de toutes parts d'innombrables plongeons et, l'instant d'après, le lac se couvrit de vaguelettes tandis qu'une vingtaine de travailleurs, effrayés, regagnaient sous la surface de l'eau leurs forteresses de roseau et de boue.

Muskwa observait ce remue-ménage avec tant d'intérêt qu'il en oublia de suivre Tyr.

Il le rejoignit au barrage.

Pendant quelques instants, le grand grizzly inspecta les nouveaux travaux, puis, rassuré sur leur solidité, il s'y engagea hardiment.

Ce barrage ayant la solidité d'un pont, les deux compagnons s'en servirent pour atteindre les terrains plus élevés de l'autre rive.

Deux ou trois cents mètres plus loin, Tyr emprunta une piste de caribous qui allait droit vers le nord.

À chaque instant, Muskwa espérait que Tyr allait s'arrêter.

La sieste de l'après-midi n'avait pas suffi à dissiper sa fatigue. Il était las et, s'il avait pu n'en faire qu'à sa tête, il n'aurait pas bougé de tout un mois. Les plantes de ses pieds étaient à vif, le bout de son nez était égratigné par les buissons d'épines et les herbes tranchantes des marais.

Cependant, il continuait avec l'énergie du désespoir. Enfin, le sable et le gravier ayant succédé aux marécages, il lui devint moins pénible de marcher.

Les étoiles scintillaient maintenant par myriades.

Selon toute évidence, Tyr était résolu à voyager toute la nuit.

On se demande dans ces conditions ce qu'il serait advenu du pauvre Muskwa si les Esprits du Tonnerre, de la Pluie et de la Foudre ne s'étaient pas concertés pour lui accorder un peu de repos !

Pendant plus d'une heure, les étoiles continuèrent à scintiller dans toute leur splendeur. Tyr poursuivait sa route. Muskwa boitait des quatre pattes.

Mais soudain, une rumeur s'éleva là-bas à l'ouest, se transforma en grondement, devint de plus en plus forte. Tyr, inquiet, flairait l'air. Des lueurs livides déchiraient le linceul noir qui s'étendait au-dessus des voyageurs comme un rideau.

Puis, brusquement, une furieuse rafale de vent sembla éteindre les dernières des étoiles et la pluie se mit à tomber.

Tyr trouva un rocher qui formait auvent et il alla s'y abriter avec Muskwa.

Pendant de longues minutes, ce fut plutôt un déluge qu'une averse et, en une demi-heure à peine, le ruisselet se changea en torrent.

Les éclairs et le grondement du tonnerre terrifiaient Muskwa.

Tantôt, il apercevait Tyr à la lumière aveuglante de la foudre et, l'instant d'après, tout était d'un noir de poix. On eût dit que les sommets des montagnes s'écroulaient dans la vallée. La terre tremblait.

L'ourson se serra contre le grizzly, se glissa entre ses pattes de devant, s'enfouit à moitié dans les longs poils de sa poitrine.

Tyr ne s'inquiétait guère de ces bruyantes convulsions de la nature. Il ne se souciait que de rester au sec et à l'abri. Lorsqu'il se baignait, il aimait sentir, en sortant de l'eau, la caresse du soleil et pouvoir s'étendre ensuite sur un rocher bien plat et bien tiède.

Longtemps après le déluge du début, la pluie continua de tomber avec un clapotement monotone.

Muskwa, niché au chaud contre Tyr, ne tarda pas à s'endormir. Pendant de longues heures, Tyr veilla seul. La pluie cessa peu après minuit, mais il faisait très sombre. Le ruisseau avait débordé. Tyr préféra rester sous l'auvent rocheux.

Au jour levant, Tyr, en s'étirant, réveilla l'ourson.

Muskwa suivit de nouveau le grizzly.

Il se sentait mieux portant que la veille, bien que la plante de ses pattes lui fît toujours mal et que ses articulations fussent raides.

Tyr se remit à suivre le ruisseau. Sur les deux rives, l'herbe était abondante, et les lis sauvages fourmillaient.

Tyr aimait les bulbes sucrés des lis, et il eût passé quelques heures à s'en régaler, s'il n'avait eu hâte de mettre, entre les hommes et lui, une distance aussi grande que possible.

Vers la fin de l'après-midi, les voyageurs arrivèrent près d'une mare si tentante que Tyr n'eut pas le courage de poursuivre sa route.

Cette mare n'avait guère plus de quatre mètres de large, mais les truites y étaient nombreuses.

Après avoir réfléchi pendant quelques instants, le grizzly entra dans l'eau et, de la rive, Muskwa put voir les poissons brillants se précipiter vers l'autre extrémité de la mare.

Tyr progressait lentement. Il ne fut bientôt plus que dans quelques centimètres d'eau.

Les poissons, saisis de panique, essayèrent de s'échapper vers la partie la plus profonde. Mais bientôt, l'énorme patte droite de Tyr se mit en mouvement.

Muskwa faillit être renversé par la première truite qui tomba sur la rive. Puis, il se jeta sur elle et la croqua à belles dents.

L'eau de la mare s'agitait à tel point sous les coups de patte de Tyr, que les truites s'affolaient. À peine avaient-elles atteint l'une des extrémités de la mare qu'elles faisaient demi-tour et regagnaient l'autre extrémité, de toute la force de leurs nageoires.

Ce manège permit à Tyr d'en lancer douze sur la rive.

Muskwa était si absorbé par son repas et Tyr par sa pêche que ni l'un ni l'autre ne se rendirent compte de l'apparition d'un visiteur.

Ils l'aperçurent en même temps et, pendant trente secondes, ils le regardèrent fixement, tellement stupéfaits qu'ils en étaient privés de mouvement.

Il y avait de quoi d'ailleurs.

Le visiteur en question n'était autre qu'un grizzly. Et il s'était mis à manger tranquillement l'un des poissons pêchés par Tyr !

Il n'est pas insulte plus cinglante ou défi plus grave au pays des ours. Muskwa lui-même s'en rendit compte. Il jeta un regard interrogateur à Tyr. En même temps, tout heureux à la pensée qu'il allait y avoir encore un combat, il se léchait les babines d'avance.

Tyr sortit lentement de la mare et, une fois sur la rive, il s'arrêta.

Les deux grizzlys se regardèrent. Ni l'un ni l'autre ne gronda. Muskwa ne perçut chez Tyr aucun signe de colère et, à son grand étonnement, son protecteur se mit à manger paisiblement à quelques pas de son congénère.

L'homme est peut-être la plus parfaite des créations divines. Mais, sur le chapitre du respect dû à la vieillesse, il n'est certainement pas supérieur aux ours grizzlys.

Les grizzlys ne volent pas leurs congénères âgés. Ils ne les maltraitent pas quand ceux-ci s'approchent des proies qu'ils ont eux-mêmes abattues. Peut-on dire que les hommes ont toujours les mêmes attentions pour les vieillards ?

Le visiteur était non seulement vieux. Il était malade.

Sa taille égalait celle de Tyr. Mais il avait vécu si longtemps que sa tête et son cou paraissaient ridiculement maigres.

Les Indiens l'appellent *Kuyas Wapusk,* l'ours qui va mourir de vieillesse. Ils le respectent.

Les Blancs, eux, n'hésitent pas à le tuer !

Le visiteur mourait de faim.

Il n'avait plus de griffes. Sa fourrure était terne,

pelée par places, et il n'avait plus pour mastiquer que des gencives enflammées.

S'il vivait jusqu'à l'automne, il hibernerait pour la dernière fois, et mourrait dans sa tanière.

Le grand Tyr, pourchassé cependant par l'homme et déchiré de blessures, sembla comprendre que ce repas serait peut-être le dernier de *Kuyas Wapusk,* trop vieux pour pêcher, trop vieux pour chasser, trop vieux même pour déterrer les bulbes tendres des lis sauvages. Aussi le laissa-t il manger tranquillement et, une fois de plus, il se remit en route, tandis que Muskwa lui emboîtait le pas.

13

Tyr et Iskwao

Pendant plus de deux heures, Tyr continua d'entraîner Muskwa vers le nord.

Ils avaient parcouru une bonne cinquantaine de kilomètres depuis qu'ils avaient quitté le sentier des chèvres, et ces cinquante kilomètres avaient été pour l'ourson comme un voyage autour du monde.

Normalement, il n'eût jamais couvert pareille distance avant la fin de sa deuxième année et peut-être même de sa troisième.

Pas une seule fois, au cours de cette randonnée, Tyr n'avait perdu son temps à longer les contreforts aux flancs de la montagne. Il avait suivi rigoureusement le cours rapide des ruisseaux.

Une heure après avoir rencontré le vieil ours, Tyr

changea brusquement de tactique et obliqua résolument vers l'ouest.

Quelques instants plus tard, le grizzly et l'ourson gravissaient une fois de plus les premières pentes d'une montagne.

Heureusement pour Muskwa, de nouveau épuisé, ils ne tardèrent pas à s'engager dans un col au sol presque uni, qui les conduisit sans effort sur les pentes d'une autre vallée.

C'était la vallée dans laquelle Tyr avait tué l'ours noir dont la carcasse pourrissait à trente kilomètres plus au sud.

Dès l'instant où Tyr eut contemplé les frontières septentrionales[1] de son domaine, un changement se produisit en lui, changement dont Muskwa eût rendu grâce au Ciel, s'il avait su parler...

Tyr cessa tout à coup de se hâter.

Pendant un quart d'heure, il étudia les creux de la vallée et flaira l'air.

Puis, il descendit lentement et, quand il atteignit les prairies vertes et les rives du ruisseau, il se tourna face au vent, qui venait en plein du sud-ouest.

Ce fut seulement au moment où le soleil se couchait que l'inattendu se produisit.

La brise très légère ayant viré brusquement à l'est, Tyr perçut une odeur qui l'immobilisa pendant une demi-minute.

1. Nordiques, situées au Nord.

L'instant d'après, il s'élançait à l'assaut d'un contrefort. Muskwa se jeta à sa poursuite. Mais il perdait sans cesse du terrain. Et il aurait été certainement distancé, complètement perdu, si Tyr ne s'était arrêté pour s'orienter de nouveau.

Lorsqu'il se mit à gravir le deuxième contrefort, Muskwa l'aperçut et, avec un cri de supplication, il se précipita sur ses traces.

À une centaine de mètres, une courbe se creusait au flanc de la montagne et, dans cette courbe, flairant l'air comme le faisait Tyr lui-même, se trouvait un autre grizzly, l'une de ces femelles que les Indiens appellent *Iskwao.* Un ourson d'un an gambadait près d'elle.

Tyr s'avança. Muskwa s'attendait, une fois encore, à une bataille. Mais il y avait une chose qu'il ignorait. C'est que Tyr et Iskwao étaient du même sang, ayant eu la même mère.

Ils mirent cinq minutes à se rejoindre. Puis, selon l'étiquette, ils se flairèrent le nez cérémonieusement.

Sur ces entrefaites, l'ourson d'un an eut la malencontreuse idée de vouloir se joindre au cercle de famille.

Les Indiens l'auraient appelé *Pipoonaskoos,* un nom long qui signifie « quatre saisons ».

Pipoonaskoos s'approcha donc hardiment de Tyr.

Pendant un instant, Tyr ne parut pas s'apercevoir de sa présence. Puis, de sa patte droite, il saisit l'ourson et l'envoya voltiger à quelques mètres.

Muskwa, lui, avait envie de se battre. Avec une clameur de défi, il s'élança le long de la pente et se rua sur Pipoonaskoos.

Celui-ci était l'un de ces oursons qui s'obstinent à suivre leur mère après avoir atteint un an, au lieu de vivre par leurs propres moyens. Il n'était pas encore complètement sevré, et sa mère continuait à le gaver de bons morceaux.

Il était gros, mou, sans endurance.

D'un autre côté, Muskwa avait su profiter des leçons de Tyr et, bien qu'il fût beaucoup moins lourd que Pipoonaskoos, il se rua sur ce dernier comme un bolide.

Encore étourdi par le coup de patte de Tyr, Pipoonaskoos se mit à appeler au secours.

Il ne s'était jamais battu. Il roula tout de suite sur le dos, sur le côté, gigotant, griffant, criant, tandis que les dents aiguës de Muskwa s'enfonçaient dans sa peau tendre.

Pipoonaskoos se débattait avec l'énergie du désespoir. Enfin, il réussit à se débarrasser de son adversaire, et le museau ensanglanté, il s'enfuit à toutes pattes.

Muskwa bondit à sa poursuite.

À deux reprises, ils firent le tour de la vallée. Mais Muskwa gagnait du terrain.

En jetant un regard effrayé en arrière, Pipoonaskoos se heurta contre un rocher et tomba lourdement.

L'instant d'après, Muskwa était sur lui et eût continué à le mordre et à le griffer jusqu'à épuisement de ses forces s'il n'avait vu Tyr et Iskwao qui s'éloignaient tranquillement côte à côte.

Aussitôt il oublia son ardeur combative et demeura les yeux écarquillés.

Pipoonaskoos s'assit sur son arrière-train afin de se remettre de ses émotions.

Les deux oursons se regardèrent. Muskwa se léchait les babines. Il ne savait pas trop s'il devait continuer à rosser Pipoonaskoos ou suivre Tyr.

Pipoonaskoos le tira d'embarras.

En poussant des gémissements plaintifs, il s'élança sur les traces de sa mère.

La nuit fut calme. Les ours adultes et les oursons dormirent côte à côte dans des buissons.

Le lendemain, dès l'aube, Muskwa, qui avait faim, se mit en quête de nourriture. Il vit que Pipoonaskoos creusait le sol aux abords immédiats du ruisseau. Il le chassa du trou qu'il avait commencé, creusa lui-même un peu plus profondément et découvrit une racine blanche, bulbeuse et tendre, qui lui parut la nourriture la plus savoureuse du monde, plus savoureuse encore que le poisson.

Cette racine, appelée *Beauté du printemps,* poussait en abondance dans la vallée. Muskwa en mangea jusqu'à satiété.

Tyr fut responsable d'une autre bataille entre Muskwa et Pipoonaskoos.

Vers la fin de l'après-midi, les ours adultes reposaient au soleil, lorsque, sans raison apparente, Tyr ouvrit une gueule énorme et produisit un rugissement sourd et continu semblable à celui qu'il avait poussé sur le cadavre de l'ours noir.

Iskwao leva la tête et imita Tyr de bon cœur.

Le concert dura deux minutes, et, pendant ces deux minutes, Muskwa se persuada que l'heure était enfin venue où Tyr allait rosser la mère de Pipoonaskoos.

À ce moment, Pipoonaskoos eut la mauvaise inspiration de se montrer à l'orée d'un buisson. Muskwa se rua sur lui, Pipoonaskoos roula sur le sol comme un gros bébé. Pendant quelques minutes les oursons se mordirent et se grifferent à l'envi. Mais Muskwa conservait l'avantage.

Finalement, Pipoonaskoos se releva et prit la fuite.

Muskwa le poursuivit dans les buissons jusqu'au ruisseau, puis sur une pente.

À la fin, il se sentit si fatigué qu'il se laissa choir sur le ventre pour se reposer.

Un instant plus tard, Tyr se dressa.

Pour la première fois depuis longtemps, il paraissait se souvenir de la présence de Muskwa.

Il flaira le vent en amont et en aval de la vallée et, aussitôt après, il se mit en marche vers la pente qu'ils avaient empruntée la veille, pour descendre dans la vallée.

Muskwa était à la fois satisfait et perplexe. Il avait envie d'aller arracher des lambeaux de peau au cadavre de l'ours mort, et il avait envie de se battre encore avec Pipoonaskoos.

Après une minute d'hésitation, il se décida à rejoindre Tyr et se remit à cheminer sur ses talons.

Et, ensemble ils se dirigèrent de nouveau vers l'est, pour faire face au danger le plus terrible qui menaçât les bêtes de la montagne, danger implacable, danger auquel nul ne pouvait échapper.

Peu après, Iskwao, comprenant que cette petite réunion familiale annuelle était terminée, se dressa à son tour et flaira le vent comme Tyr, son frère, l'avait fait.

Puis, elle se dirigea vers le soleil couchant, suivie par Pipoonaskoos.

14

La venue des chiens

Lorsque Tyr atteignit la pente qui conduisait au col franchi la veille, il se dirigea au sud, vers l'endroit où il avait tué l'ours noir, à trente kilomètres de là.

Au cours de la nuit suivante, le grand grizzly et l'ourson errèrent sans dormir sous les étoiles étincelantes.

Tyr ne songeait pas à chasser le gros gibier.

Il gravit une pente abrupte, descendit prudemment un éboulis et parvint à une prairie verte où poussaient de ces violettes appelées dents-de-chien, dont les racines bulbeuses constituent un mets délicat. Il passa donc la nuit à creuser le sol et à manger.

Muskwa, qui s'était bourré de racines de *Beauté du printemps*, n'avait pas faim et, comme il s'était reposé pendant la journée, en somme, il trouva la nuit très agréable.

La lune se leva vers dix heures. Jamais, au cours de sa courte vie, Muskwa n'avait contemplé lune aussi énorme, aussi rouge, aussi belle.

Lorsqu'elle commença de paraître au sommet des pics, on aurait dit un incendie de forêt.

Elle ne tarda pas à baigner toute la montagne d'une lumière harmonieuse.

La courbe dans laquelle se trouvaient le grizzly et l'ourson et qui enserrait une assez vaste prairie, était illuminée comme en plein jour.

Le petit lac au pied de la montagne scintillait comme une plaque d'argent dépoli, et le ruisseau qui l'alimentait, né de la fonte des neiges éternelles, semblait, avec ses cascades brillantes, une rivière de diamants.

Autour de la prairie, se dressaient des houppes de buissons, des pins balsamiques et des sapins.

Sans s'éloigner beaucoup de Tyr, Muskwa se mit à explorer les buissons, ainsi que l'ombre projetée par les arbres et les rives du petit lac.

Il découvrit près du lac une mare dont la boue moelleuse calma les élancements de ses pieds douloureux.

À vingt reprises, au cours de la nuit, il revint prendre un bain de boue.

Même après le lever du soleil, Tyr ne parut pas pressé de poursuivre sa route.

Il continua d'errer lentement dans la prairie, broutant l'herbe tendre et déterrant de temps à autre une racine.

Muskwa était enchanté. Il déjeuna de quelques violettes dents-de-chien.

Une chose l'intriguait cependant. Il se demandait pourquoi Tyr ne pêchait pas de truites dans le petit lac. Il lui restait à apprendre que tous les lacs ne sont pas poissonneux.

À la fin, il se décida à pêcher lui-même et réussit à attraper, en tout et pour tout, un cancrelat d'eau à carapace dure, qui lui pinça le museau et lui arracha un cri de douleur.

Vers dix heures, la zone baignée de soleil devint, pour le grizzly au poil épais, comme un four surchauffé ; aussi Tyr chercha-t-il, parmi les rocs aux alentours de la cascade, un coin de fraîcheur. Il ne tarda pas à le découvrir.

C'était une grotte minuscule aux parois humides.

Tyr aimait cette température de vieille cave en plein mois de juillet et au moment de la plus forte chaleur. Mais Muskwa s'ennuya bientôt dans cette pénombre.

Aussi ne tarda-t-il pas à quitter son grand compagnon pour aller faire connaissance avec les bords de la cascade.

Au début, tout alla bien. Mais il s'engagea, l'imprudent, sur un plan d'ardoise verdie, en pente douce, où coulait une mince nappe d'eau.

L'eau coulait sur cette surface depuis des siècles et

des siècles, et l'ardoise était aussi polie qu'un mât de cocagne[1] bien graissé.

Les pattes de Muskwa glissèrent, mais si vite qu'il ne sut pas même ce qui lui arrivait.

L'instant d'après, il dégringolait vers le lac !

Il pirouetta, fit rejaillir l'eau peu profonde en un chapelet de petites vagues, rebondit comme une balle de caoutchouc par-dessus des cascades en miniature. Il avait perdu le souffle ; il était étourdi, aveuglé, et la vitesse de sa glissade s'accélérait de plus en plus. Cependant, il avait réussi à émettre quelques cris terrifiés, et ces cris avaient attiré l'attention de Tyr.

À l'endroit où l'eau des pics se déversait dans le lac, il y avait une chute de plusieurs mètres.

Muskwa rebondit par-dessus la dernière barrière rocheuse, troua violemment la surface du lac et disparut dans l'eau glacée.

Il coula d'abord à pic. Puis sa ceinture de sauvetage naturelle, la graisse qui enveloppait son corps, le ramena à la surface. Il se mit à nager avec énergie.

C'était son premier plongeon et la première fois qu'il risquait la noyade. Lorsqu'il parvint enfin à gagner la terre ferme, il était épuisé.

Alors qu'il reprenait lentement son souffle, Tyr réussit à le rejoindre au bas de l'éboulis de rochers.

Muskwa avait reçu de sa mère une bonne gifle

---

1. Mât au sommet duquel il faut grimper pour décrocher les objets qui y sont suspendus.

lorsqu'il s'était enfoncé un piquant de porc-épic dans la patte.

Elle giflait chaque fois qu'il lui arrivait un accident parce qu'elle croyait à la vertu des gifles, méthode d'éducation très répandue chez les ours.

Elle l'eût corrigé sérieusement après cette nouvelle mésaventure. Mais Tyr ne fit que le flairer. S'étant rendu compte que l'ourson était indemne, il se mit à déterrer une racine de violette.

Tandis qu'il croquait cette racine, il s'immobilisa soudain.

Pendant une demi-minute, il parut transformé en statue. Muskwa bondit et se secoua, puis il tendit l'oreille à son tour.

Un son leur parvenait à tous les deux.

D'un mouvement lent et gracieux, le grizzly se dressa de toute sa taille. Il fit face au nord, les oreilles pointées en avant, les narines frémissantes.

D'au-delà des pentes qu'il avait gravies avec Muskwa au cours de la nuit, lui parvenait confusément un bruit qu'il entendait pour la première fois.

C'était un aboiement de chiens.

Pendant deux minutes, Tyr s'accroupit sur son arrière-train.

Pas un muscle de son grand corps ne frémissait, si ce n'est ceux qui commandent aux narines.

Il se rendait compte que, dans cette région au pied de la montagne, le son ne pouvait lui parvenir qu'atténué. Il se hâta donc de gravir une pente orientée à l'est, au sommet de laquelle un troupeau de moutons avait dormi pendant la nuit.

Muskwa, comme toujours, suivit.

À mi-hauteur de la pente, Tyr s'arrêta et fit demi-tour. De nouveau, il se dressa face au nord. Muskwa l'imita.

Une brusque rafale de vent leur apporta clairement cette fois l'aboiement des chiens.

À quelques centaines de mètres, la meute de Jim, la meute d'airedales aguerris, donnait furieusement de la voix en suivant la piste encore chaude du grizzly et de l'ourson.

Ces aboiements persuadèrent Jim et Bruce qu'ils touchaient enfin au but... en un mot, que leur proie était toute proche.

Ce fut l'instinct, encore une fois, qui avertit Tyr du danger, et lui révéla que de nouveaux assaillants avaient envahi son domaine.

Il continua de monter jusqu'à l'endroit où la montagne devenait rugueuse, crevassée. Là, il s'arrêta.

La menace, quelle qu'elle fût, se rapprochait avec la vitesse du vent. Elle gravissait maintenant les pentes qui séparaient la petite courbe de la vallée où Tyr avait rencontré Iskwao.

La crête de cette pente était à peu près au niveau des yeux de Tyr et, tandis que le grizzly scrutait les alentours, le meneur de la meute apparut au sommet de cette crête et sa silhouette se détacha sur le ciel.

Les chiens apparurent à leur tour et, pendant trente

secondes peut-être, ils demeurèrent immobiles sur la crête.

Pendant ces trente secondes, Tyr observa ses ennemis sans bouger, tandis que dans sa poitrine roulait un grondement de tonnerre.

Il ne battit en retraite que lorsque la meute se rua dans sa direction en aboyant de nouveau. Ce n'était pas une fuite, car il n'avait pas peur...

Il ne cherchait pas d'histoires. Il n'avait même pas le désir de défendre « sa » prairie et « son » petit lac au pied de la montagne. Il y avait d'autres prairies et d'autres lacs, et il n'était pas particulièrement désireux de se battre. Mais il était prêt quand même à la bataille.

Il continua de gronder sourdement, et une rage obscure et lente se mit à brûler en lui.

Il s'enfonça dans des rochers. Il suivit une corniche, tandis que Muskwa trottinait sur ses talons.

Il gravit un énorme éboulis et zigzagua parmi des blocs aussi gigantesques que des maisons.

À chaque passage difficile, il s'arrêtait et s'assurait que Muskwa le suivait.

Une fois même, alors qu'il venait de se hisser d'une corniche sur un rocher, il se rendit compte que Muskwa ne serait pas capable de le rejoindre. Alors, il redescendit et emprunta un autre chemin.

L'aboiement des chiens s'était intensifié. Tyr en déduisit que la meute gravissait la pente verte.

Il s'arrêta de nouveau, et, cette fois, le vent lui

apporta une odeur qui alluma dans son crâne une colère furieuse.

C'est qu'à l'odeur des chiens se mêlait maintenant celle de *l'homme* !

Tyr battit en retraite plus vite encore. L'hallali[1] féroce et joyeux des chiens ne résonnait guère à plus de cent mètres lorsqu'il pénétra dans une sorte de cirque aménagé par la nature au milieu du chaos des rochers. À droite, un mur perpendiculaire en demi-cercle s'élevait du côté de la montagne ; à gauche, la corniche s'arrêtait brusquement au-dessus d'un précipice.

Tout au bord, le passage était bloqué par des blocs tombés de la montagne. À peine subsistait entre ces blocs un passage de la largeur des épaules de Tyr.

Le grand grizzly conduisit l'ourson jusqu'à ce passage et fit brusquement volte-face, afin que Muskwa se trouvât placé derrière lui.

Dans un péril semblable, une mère ourse eût mis en sûreté son petit au fond d'une crevasse étroite de la paroi rocheuse. Mais Tyr agit différemment. Préférant affronter résolument le danger, il se dressa sur ses pattes de derrière.

À vingt pas de lui, la piste qu'il avait suivie contournait à angle droit une sorte de bastion rocheux. Tyr observa complaisamment, de ses yeux rouges et ter-

1. Cri des chiens annonçant que la bête poursuivie est aux abois.

ribles, l'embuscade tendue par lui-même. La meute aboyait à pleine gorge.

À cinquante mètres au-delà du bastion rocheux, les chiens accouraient épaule contre épaule. L'instant d'après, le premier d'entre eux se rua dans le couloir.

Le gros de la meute suivait de si près que les premiers chiens trouvèrent la mort avant d'avoir pu comprendre ce qui se passait.

Tyr s'était rué sur ses assaillants. D'un brusque revers de sa patte droite, il en abattit deux, broyant une échine d'un coup de mâchoire, arrachant une tête de ses griffes aiguës. Il avait semé la panique chez ses ennemis, lesquels s'arrêtèrent. Tyr eut cependant le temps de pousser sa troisième victime dans le précipice.

Le début du drame s'était déroulé en trente secondes.

Les airedales de Jim étaient courageux. Ils descendaient tous d'une race batailleuse. Bruce et Metoosin les avaient dressés au point qu'ils pouvaient les suspendre par leurs oreilles sans en tirer un cri.

La fin tragique de trois d'entre eux laissa donc les chiens assez indifférents.

Rapides comme l'éclair, les neuf survivants encerclèrent le grizzly.

Appuyés sur leurs pattes de devant, ils étaient prêts à bondir de côté ou en arrière pour éviter une attaque brusquée, et ils lançaient maintenant ensemble ce jappement rapide et féroce destiné à avertir le chasseur que le gibier fait front.

Ils avaient pour mission de harasser[1] le gibier, de le tourmenter, de retarder sa fuite, de l'immobiliser jusqu'à l'arrivée des maîtres.

La lutte est loyale entre des chiens et un ours. Mais l'homme qui vient y mettre fin avec son fusil est un meurtrier.

Si les chiens connaissaient leur affaire, Tyr n'ignorait pas la sienne.

Après trois ou quatre coups de patte que les chiens évitèrent grâce à leur vitesse supérieure, Tyr battit lentement en retraite vers le grand rocher derrière lequel Muskwa s'aplatissait. Et, comme il reculait, les chiens avancèrent.

Leurs aboiements plus aigus et l'inefficacité évidente des efforts de Tyr pour les mettre en fuite ou les déchiqueter terrifiaient Muskwa. Soudain, l'ourson perdit la tête et se précipita au fond d'une fissure ouverte derrière lui dans le rocher.

Tyr continua à reculer jusqu'au moment où il toucha la pierre avec ses larges hanches.

Alors il tourna rapidement la tête pour voir où était Muskwa. L'ourson avait disparu.

À deux reprises encore Tyr tourna la tête. Après quoi, alors que Muskwa avait profité des circonstances pour s'esquiver, il continua de battre en retraite

1. Accabler de fatigue.

jusqu'à bloquer le passage étroit qui était son unique porte de sortie.

Les chiens aboyaient maintenant comme des fous. Ils avaient la gueule écumante, leur poil dur se hérissait comme celui des brosses et leurs crocs aigus étaient découverts jusqu'aux gencives rouges.

À chaque seconde, ils s'approchaient un peu plus du grizzly, le mettaient au défi de leur sauter dessus, de les attraper s'il le pouvait. Dans leur ardeur, ils ne s'étaient pas aperçus qu'il y avait derrière eux dix mètres d'espace découvert.

Tyr mesura cet espace comme il avait mesuré celui qui le séparait du caribou quelques jours auparavant.

Puis, sans même un grognement d'avertissement, il s'élança sur ses ennemis avec une soudaineté qui les prit au dépourvu.

À l'endroit où le rocher formait bastion, la piste n'avait pas deux mètres de large. Tyr avait tenu compte de ce fait aussi bien que de la distance.

Les chiens, qui se bousculaient pour échapper au massacre, ne pouvaient tous passer de front.

Le grizzly saisit le dernier d'entre eux et le broya sous sa patte. L'airedale lança des cris d'agonie, qui atteignirent enfin les oreilles de Bruce et de Jim.

Les deux chasseurs, haletants, se hâtèrent de gravir la pente.

Tyr s'était laissé choir sur le ventre au milieu de la piste et, tandis que les chiens rassemblés recommençaient à donner de la voix, il continua de déchirer sa victime, éparpillant sur le sol entrailles et viscères.

Puis il se redressa et chercha de nouveau Muskwa. L'ourson s'était recroquevillé en une boule frissonnante au fond de la crevasse.

Tyr, persuadé que Muskwa avait continué de gravir la montagne, se hâta cette fois de quitter le champ de bataille, d'autant que le vent lui apportait de plus en plus l'odeur âcre et détestée de Jim et de Bruce.

Pendant dix minutes encore, Tyr n'eut cure des huit chiens qui jappaient à ses talons. À mesure qu'il battait en retraite, les airedales s'enhardissaient. Finalement, l'un d'eux bondit et planta ses crocs dans la patte du grizzly.

Cette audace faillit lui être fatale.

Avec un nouveau rugissement, Tyr fit demi-tour et poursuivit la meute sur une cinquantaine de mètres. Il perdit ainsi dix précieuses minutes avant de continuer à gravir l'épaulement de la montagne.

Si le vent était venu d'une autre direction, la meute aurait triomphé. Mais, chaque fois que Jim et Bruce gagnaient du terrain, le vent avertissait Tyr en lui apportant l'odeur tiède de leur sueur.

Et le grizzly prenait soin de toujours tourner le dos au vent.

Il mit une demi-heure à atteindre les plus hautes crêtes rocheuses. À partir de là, il allait lui falloir parcourir deux cents mètres en terrain découvert, pour gagner l'épine dorsale de la montagne.

Mais lorsque Tyr quitta brusquement l'abri protecteur des rochers, il déploya une telle vitesse qu'il devança les chiens d'une cinquantaine de mètres.

Pendant deux ou trois minutes, il se détacha nettement sur le fond de la montagne, et, pendant la dernière de ces trois minutes il se profila merveilleusement sur un tapis de neige sans un buisson, sans un rocher.

Bruce et Langdon, l'apercevant à cinq cents mètres, ouvrirent le feu.

Juste au-dessus de sa tête, Tyr entendit siffler la première balle et, l'instant d'après, lui parvenait le claquement de la carabine. Un deuxième projectile fit voler la neige à cinq mètres devant lui. Le grizzly fit un brusque écart à droite. Il présentait maintenant le flanc aux tireurs.

Tyr entendit le troisième coup de feu et, tandis que les détonations continuaient à se répercuter de cime en cime, il reçut un coup formidable à la base du crâne, un peu au-dessous de l'oreille.

Ce fut comme si une massue s'était abattue sur lui du haut du ciel. Il s'écroula dans la neige.

La balle avait ricoché sur l'os. Elle ne le fit presque pas saigner, mais, pendant un instant, il demeura littéralement assommé, comme un boxeur atteint par un crochet à la mâchoire.

Sans lui laisser le temps de se ressaisir, les chiens se jetèrent sur lui, lui déchirant le cou et le ventre.

Avec un rugissement farouche, il se releva d'un bond et secoua cette grappe acharnée.

Dix fois, il frappa sauvagement. Jim et Bruce l'entendaient rugir tandis que, le doigt sur la détente, ils attendaient, pour l'achever, que les chiens se fussent suffisamment écartés.

Mètre par mètre, à reculons, Tyr gravissait la pente abrupte, grinçant des dents et défiant la meute frénétique, défiant l'homme avec son odeur et son étrange tonnerre, défiant la mort elle-même.

À cinq cents mètres en contrebas, Jim pestait contre les chiens qui, accrochés à l'ours, l'empêchaient de placer une deuxième balle.

Ainsi, jusqu'au sommet de la montagne, la meute hurlante protégea Tyr et lui servit de bouclier.

Le grizzly disparut enfin, toujours lentement, au-delà de la crête.

Les chiens, acharnés, continuèrent à le suivre.

Puis, leurs aboiements s'atténuèrent. Le puissant grizzly, fuyant la menace des hommes, entraînait les airedales dans une longue course dont beaucoup ne reviendraient pas.

15

À la recherche de Tyr

Dans sa cachette, Muskwa entendit les derniers échos de la bataille.

La crevasse où il était blotti était en forme de V, et il s'y était enfoncé aussi profondément que possible.

Il vit passer Tyr devant l'ouverture de son refuge après la mort du quatrième chien. Il entendit décroître le bruit de ses griffes sur la piste, et il comprit enfin que le grizzly était parti, mais que ses ennemis s'acharnaient à le poursuivre.

Cependant, Muskwa avait encore peur de sortir. Les étranges êtres qui étaient montés de la vallée l'emplissaient d'une frayeur mortelle. Pipoonaskoos ne lui avait pas fait peur. Le grand ours noir lui-même, celui que Tyr avait tué, ne lui avait pas inspiré la même terreur que ces nouveaux venus aux babines rouges et aux crocs blancs.

L'ourson demeura donc au fond de sa crevasse, recroquevillé sur lui-même, tassé comme une bourre[1] au fond d'un canon de fusil.

Il entendait encore les aboiements des chiens lorsque d'autres bruits plus proches redoublèrent son inquiétude.

Jim et Bruce contournaient le contrefort rocheux. À la vue des cadavres des airedales, ils s'arrêtèrent, et Jim poussa une exclamation d'horreur. Les deux hommes n'étaient pas à cinq mètres de Muskwa.

Pour la première fois de sa vie, celui-ci entendait des voix humaines. Pour la première fois, l'odeur de la sueur humaine lui emplissait les narines. Puis, l'un des chasseurs passa devant la crevasse, et Muskwa, pour la première fois, vit un homme. L'instant d'après, les deux chasseurs avaient disparu.

Un peu plus tard, l'ourson entendit encore des détonations, puis l'aboiement des chiens décrut de plus en plus. Enfin, le silence se rétablit.

Il était environ trois heures, l'heure de la sieste en montagne. Le calme régnait partout.

Longtemps, Muskwa se garda de bouger. Il continuait à tendre l'oreille.

Une autre crainte s'éleva en lui. Il avait peur de

1. Corps inerte qui maintient en place la charge d'une arme à feu.

perdre Tyr. De tout son cœur, il souhaita le retour du grizzly.

Pendant une heure, il demeura blotti entre les parois rocheuses.

Puis il entendit un *chip-chip-chip*, et une petite gerboise rayée parut sur la corniche, dans son champ de vision. Elle se mit à examiner prudemment le cadavre de l'un des airedales.

Cette apparition rendit courage à Muskwa.

Il dressa un peu ses oreilles et gémit doucement comme pour implorer l'amitié de cette petite créature, en cette heure de solitude et de crainte.

Centimètre par centimètre, Muskwa se traîna hors de sa cachette. Enfin sa petite tête ronde et velue sortit du trou. Il regarda autour de lui.

La piste étant déserte, il s'avança dans la direction de la gerboise. Avec un cri aigu, la bestiole rayée prit la fuite, et Muskwa se retrouva seul.

Il mit quelques instants à se décider, flairant l'air alourdi par l'odeur du sang, par celle des hommes et celle de Tyr. Puis il se mit à gravir la montagne.

Il savait que Tyr avait pris cette direction et n'avait qu'un désir : rejoindre son grand ami, son protecteur.

La crainte des chiens et celle des hommes, éléments nouveaux dans sa vie, s'effaçaient devant celle de ne jamais revoir le grizzly.

Il n'eut pas besoin de ses yeux pour suivre la piste. Elle était encore chaude sous son nez. Ce fut donc avec ardeur qu'il reprit en zigzag l'ascension de la montagne.

Il y avait des endroits où il lui était très difficile de progresser à cause de ses jambes trop courtes. Mais il continua vaillamment, encouragé par le fumet très net de son grand ami.

Il lui fallut une bonne heure pour atteindre l'espace découvert qui s'étendait entre les derniers éboulis, la ceinture de neige et la crête.

Il était donc environ quatre heures lorsqu'il entreprit de parcourir les derniers trois cents mètres qui le séparaient du sommet de la montagne.

Là-haut, il s'imaginait trouver Tyr. Mais il avait toujours peur et il continua à gémir doucement tout en enfonçant ses petites griffes dans la pierraille.

Il ne leva pas les yeux vers la crête après s'être remis en route. Il lui eût fallu, pour cela, s'arrêter et tourner la tête de côté, car l'ascension était ardue.

C'est ainsi qu'il ne vit pas Jim et Bruce franchir cette crête, tandis que lui-même n'en était encore qu'à cinquante mètres. Il ne pouvait pas non plus percevoir leur odeur, car le vent leur était favorable.

Inconscient de leur présence, Muskwa parvint à la ceinture de neige. Avec joie, il flaira les énormes empreintes de Tyr et les suivit.

Au-dessus de lui, Bruce et Jim attendaient accroupis, leurs fusils posés sur le sol. Tous deux s'étaient dépouillés de leurs épaisses chemises de flanelle et ils les tenaient toutes prêtes dans leurs mains.

Lorsque Muskwa fut à moins de vingt mètres, ils se précipitèrent dans sa direction comme une avalanche.

L'ourson ne se ressaisit que lorsque Bruce se trouva sur lui.

Il vit et comprit le danger dans la dernière fraction de la dernière seconde et, au moment où Bruce bondissait en avant, sa chemise déployée comme un filet, Muskwa fit un saut de côté.

Se jetant à plat ventre, Bruce ne ramassa qu'une pleine chemise de neige et la serra pourtant contre sa poitrine, croyant qu'il avait capturé l'ourson.

Au même instant, Jim trébucha sur les longues jambes de son ami et roula en cabriolant sur la pente de la montagne.

Muskwa, pour sa part, détalait de toute la vitesse de ses petites jambes vers la vallée.

Bruce s'élançait à sa poursuite et Jim le suivit à dix mètres.

Soudain, Muskwa fit un crochet, et Bruce fut entraîné par son élan à quinze mètres en contrebas.

Le guide ne réussit à s'arrêter qu'en se laissant choir sur le dos, en freinant des talons, des mains, des coudes, et des épaules. Mais, Jim, lui, avait obliqué et était sur le point de rejoindre Muskwa.

Il se jeta en avant, la chemise déployée, à l'instant même où l'ourson faisait un nouveau crochet et, lorsqu'il se releva, la figure égratignée, ce fut pour cracher une bonne bouchée de terre et de pierraille.

Malheureusement pour Muskwa, son deuxième

crochet l'avait jeté tout droit dans les jambes de Bruce. Et, avant d'avoir pu savoir ce qui se produisait, il se trouva dans l'obscurité, à moitié étouffé, tandis qu'une clameur de triomphe l'assourdissait.

« Je le tiens ! » criait Bruce.

Sous le sac formé par la chemise, Muskwa se mit à griffer, à mordre, à grogner. Si bien que Bruce avait fort à faire lorsque Jim accourut avec la deuxième chemise.

Peu de temps après, Muskwa était ligoté comme un saucisson.

Ses pattes et son corps étaient tellement serrés qu'il ne pouvait bouger. Sa tête seule n'était pas recouverte.

C'était l'unique partie de son corps qui fût visible, la seule qu'il pût remuer. Il avait l'air si drôle et si effaré que, pendant une minute ou deux, Jim et Bruce, oublieux de leur précédent échec, rirent à gorge déployée. Ils s'assirent, placèrent l'ourson entre eux, puis bourrèrent et allumèrent leurs pipes.

Muskwa n'avait même pas la ressource de gigoter en guise de protestation.

« Nous sommes de fameux chasseurs ! dit alors Jim. Partis pour descendre un grizzly, c'est avec ça que nous revenons ! »

Il considéra l'ourson.

Muskwa le regardait d'un air si grave que Jim l'observa pendant un instant avec étonnement. Puis, ôtant sa pipe de la bouche, il tendit la main.

« Petit, petit, petit, petit ! » murmura-t-il avec douceur.

Les petites oreilles de Muskwa pointèrent en avant. Ses yeux brillants semblaient de verre tant leur regard était fixe.

Bruce, derrière sa main repliée, riait silencieusement, comme dans l'attente d'une bonne plaisanterie.

« Petit, petit, petit ! continuait Jim. Là, là... petit... Lui gentil, pas faire mal. »

L'instant d'après, un cri aigu réveillait les échos de la montagne. Les quenottes de Muskwa s'étaient plantées dans l'un des doigts de Jim. Le hurlement que poussa celui-ci eût effarouché le gibier à cinq cents mètres.

« Maudit petit coquin ! » grogna Jim.

Puis, tout en suçant son doigt blessé, il se mit à rire avec Bruce.

« Il n'est pas froussard, dit-il. J'avais envie d'un ourson comme celui-là depuis que je cours la montagne. Je le ramènerai chez moi... Regarde-moi la bonne tête qu'il a ! »

Muskwa précisément tournait la tête et se mettait à examiner Bruce.

Jim se leva et regarda la crête de la montagne. Il avait tout à coup les sourcils froncés, l'air dur.

« Quatre chiens, dit-il comme en se parlant à lui-même. Trois sur la corniche et un là-haut ! »

Il se tut un instant et reprit :

« Je n'arrive pas à comprendre, Bruce... Cela fait

plus de cinquante ours que la meute immobilise pour nous et, jusqu'ici, nous n'avions pas perdu un chien ! »

Bruce était en train de passer une courroie de cuir autour du corps de Muskwa en guise de poignée, afin de pouvoir le porter un peu à la manière d'un seau d'eau.

Il se leva, et Muskwa se balança au bout de la courroie.

« C'est que nous avons affaire, cette fois, à un chasseur, dit Bruce. Et un grizzly mangeur de viande est l'animal le plus terrible qui soit au monde quand il est acculé. Les chiens ne sont pas de taille, Jim. Ils ne le retiendront jamais et, si la nuit tarde à tomber, il n'en reviendra pas un seul... Ils abandonneront la poursuite dès qu'il fera noir, s'il en reste ! Ce vieux rossard[1] de grizzly nous a sentis, et tu peux être sûr qu'il sait pourquoi il a été précipité sur la neige... Il se hâte de prendre le large. Il sera à trente kilomètres d'ici quand nous le reverrons ! »

Jim alla chercher les fusils, et, lorsqu'il revint, les deux hommes se mirent à redescendre la montagne.

Bruce, portant Muskwa, marchait en tête. Les deux compagnons s'arrêtèrent sur la corniche tachée de sang où Tyr avait tenu tête à ses assaillants. Jim se pencha sur le chien décapité par le grizzly.

« C'est le pauvre Biscuit, dit-il. Et nous qui pensions qu'il était le seul poltron de la bande ! Les deux autres

---

1. Mauvais cheval.

sont Jane et Tader. Cela fait quatre de nos meilleurs chiens avec le pauvre vieux Frits, qui gît éventré là-haut. »

Bruce, qui scrutait les profondeurs du précipice, montra soudain quelque chose.

« Il y en a un autre là-bas, auprès de ce buisson... dit-il la voix un peu rauque... Jim, c'est le cinquième ! »

Les poings de Jim se serrèrent lorsqu'il regarda à son tour dans le précipice. Un sanglot lui échappa. Bruce comprenait ce chagrin.

On apercevait nettement une tache noire sur le pelage du chien déjà raidi, tout au fond de l'abîme. Il n'y avait qu'un chien dans la meute qui portât cette marque. Et c'était le préféré de Jim.

« C'est ma pauvre Dixie ! » souffla-t-il.

Pour la première fois, il se sentit soulevé par la colère.

« J'ai plus d'une raison maintenant pour tenir à la peau de ce grizzly, dit-il. Je ne partirai pas de cette montagne avant de l'avoir tué. Je resterai ici jusqu'à l'hiver, s'il le faut. Je jure que je le tuerai, s'il ne m'échappe pas, bien sûr !

— Il ne t'échappera pas, sois tranquille ! » répondit Bruce.

Et il se remit en marche, portant toujours Muskwa.

Jusqu'ici, l'ourson avait été trop abasourdi pour songer à se révolter et, d'ailleurs, il s'était rendu compte de son impuissance.

Il avait tendu tous ses muscles pour essayer de remuer, mais il était aussi bien ficelé qu'une momie d'Égypte.

Il lui revint cependant peu à peu à l'esprit qu'il gardait l'usage de ses dents. Le balancement imprimé par la marche le mettait justement souvent en contact avec la jambe de son ennemi.

Il guetta une occasion.

Elle se présenta quand Bruce s'assit pour sauter d'un rocher. Une fraction de seconde, le corps de Muskwa reposa sur la pierre plate.

Rapide comme l'éclair, il mordit.

Il avait mordu profondément, et si, tout à l'heure, la clameur de Jim avait troublé le silence à un kilomètre à la ronde, celle de Bruce fut encore plus retentissante.

Jamais Muskwa n'avait entendu de rugissement aussi épouvantable, plus épouvantable encore que l'aboiement des chiens. Il eut si peur qu'il lâcha prise.

Une fois de plus, il fut stupéfait. Ses geôliers ne prenaient même pas la peine de se venger !

Celui qu'il avait mordu sautillait sur un pied. L'autre, assis sur un rocher, se balançait d'avant en arrière, les mains appuyées sur le ventre, et, la bouche grande ouverte, faisait un bruit étrange et strident.

Le premier cessa bientôt de sautiller et se mit à faire le même bruit curieux.

Muskwa ne savait pas que les deux hommes riaient. Mais il se convainquit d'une vérité.

De deux choses l'une : ou bien ces monstres à deux pattes et à l'allure grotesque n'osaient pas le combattre franchement ou bien ils étaient d'un naturel paisible et ne lui voulaient pas de mal.

Bruce et Jim se montrèrent plus circonspects par la suite et, dès qu'ils eurent atteint la vallée, ils passèrent un fusil dans la poignée de cuir et portèrent l'ourson entre eux.

L'obscurité était presque tombée lorsqu'ils arrivèrent à un boqueteau de pins.

Un feu rougissait au milieu de la clairière. C'était le premier feu que voyait Muskwa. Il vit aussi, pour la première fois, des chevaux, des bêtes à l'aspect terrifiant, beaucoup plus grandes que Tyr.

Un troisième homme, Metoosin, l'Indien, sortit du sous-bois et vint à la rencontre des chasseurs.

Muskwa fut jeté sur le sol, et tandis qu'il était aveuglé par la réverbération du feu, l'un des hommes le tint par les oreilles, tandis qu'un autre lui passait autour du cou une sangle en guise de collier.

À l'anneau de cette sangle fut passée une grosse corde et le bout de cette corde fut attaché à un arbre.

Pendant cette opération, Muskwa gronda et grinça des dents tant qu'il put.

L'instant d'après, on le délivra des chemises qui le paralysaient et, bien qu'il se tînt à grand-peine sur ses pattes engourdies, il montra ses petits crocs et grogna de nouveau aussi férocement que possible.

À son complet ahurissement, cette manifestation

d'agressivité ne parut pas émouvoir ses étranges compagnons, si ce n'est que les trois hommes, y compris l'Indien, ouvrirent la bouche et produisirent ce bruit incompréhensible que l'ourson avait déjà entendu lorsqu'il avait mordu Bruce à la jambe et que Jim, pour lui rendre la pareille, avait éclaté de rire.

16

Muskwa se civilise

Au grand soulagement de Muskwa, les trois hommes ne tardèrent pas à s'éloigner de lui pour s'affairer autour du feu.

Il pensa que l'occasion était venue de leur échapper et tira sur sa corde au point de s'étrangler à moitié.

Finalement, désespéré, il abandonna la partie et, se recroquevillant au pied d'un sapin, il se mit à observer le camp.

Il était à dix mètres du feu.

Bruce se lavait les mains dans une cuvette de toile. Jim s'essuyait le visage avec une serviette.

Metoosin était agenouillé près du brasier et, de la large poêle qu'il tenait au-dessus des hommes, montait une odeur de grillade, l'odeur la plus appétissante que Muskwa eût jamais captée.

L'air autour de lui était chargé d'arômes appétissants.

Lorsque Jim eut fini de s'essuyer la figure, il ouvrit une boîte de lait condensé sucré.

Il en versa le contenu dans un poêlon et s'approcha de Muskwa.

L'ourson, qui n'avait pas réussi à fuir sur le sol, se mit à grimper à l'arbre. Il se déplaça si vite le long du tronc lisse que Jim en fut stupéfait.

Jim déposa le récipient au pied du sapin, tandis que Muskwa ne cessait de gronder et de cracher dans sa direction.

Il demeura longtemps cramponné à l'arbre. Les chasseurs semblaient l'avoir oublié.

Il les vit manger et, sans les comprendre, il les entendit élaborer un nouveau plan de campagne contre Tyr.

« Il s'agit de l'avoir par surprise, après ce qui s'est passé aujourd'hui, déclarait Bruce. Plus la peine de le pister dorénavant, Jim. Nous pourrions le pister jusqu'à la Saint-Sylvestre. Il nous éventera[1] toujours. »

Bruce s'arrêta de parler et tendit l'oreille.

« Curieux que les chiens ne reviennent pas, reprit-il. Je me demande...

— Bruce... tu ne veux pas dire que l'ours nous les ait tués tous ? demanda Jim.

---

1. Flairera.

— J'ai chassé pas mal de grizzlys dans ma vie, répliqua tranquillement le guide. Mais je n'en ai jamais chassé de plus malin que celui-là, Jim. C'est dans une embuscade qu'il a fait tomber nos chiens, sur la corniche... C'est par ruse qu'il a eu celui qui est resté sur la crête... Il est parfaitement capable de les acculer dans un coin, et dans ce cas... »

Bruce haussa les épaules. Jim murmura :

« Si, à la tombée du jour, des chiens étaient encore vivants, ils ne tarderont pas à reparaître. Je regrette maintenant... je regrette de ne pas les avoir laissés à la maison. »

Bruce éclata d'un rire un peu âpre.

« C'est la fortune de la guerre, Jim, dit-il. On ne chasse pas le grizzly avec des chiens d'appartement. Il faut s'attendre tôt ou tard à en perdre. Nous nous sommes attaqués à plus fort que nous, voilà tout ! Il nous a possédés !

— Possédés ?

— Oui, en jouant franc jeu ! Nous avons été idiots de risquer les chiens. Tiens-tu assez à la peau de cet ours pour que nous tentions de l'avoir à ma façon ? »

Langdon fit un geste affirmatif.

« Quel est ton plan ? demanda-t-il.

— On ne peut pas toujours employer des moyens très honnêtes, commença Bruce, surtout quand on tombe sur un monstre comme celui-là. Tu peux être sûr que, jusqu'à l'hivernage, ton grizzly s'arrangera pour avoir le vent en sa faveur... Comment ? Il fera des détours ! Je te parie que, s'il y avait de la neige sur le sol, on découvrirait qu'il est en train de revenir sur ses pas... pour s'assurer qu'il n'est pas suivi... Et il ne se déplacera guère que la nuit... De jour, il se tiendra dans les rochers, sur les crêtes. Si tu tiens à gaspiller des munitions, il n'y a plus qu'une chose à faire : trouver d'autres ours !

— Je m'y refuse absolument ! protesta Jim. Dis-moi plutôt comment faire pour avoir ce grizzly. »

Bruce se tut pendant quelques instants avant de répondre.

« Nous sommes fixés sur un point : son domaine commence au premier col que nous avons franchi et se termine à l'endroit où nous sommes entrés dans cette vallée. Une trentaine de kilomètres aller et retour. Le grizzly continuera à tourner en cercle tant que nous serons à sa recherche. Il se dirige présentement vers le sud, de l'autre côté de la montagne. Nous n'avons qu'à rester tranquillement où nous sommes, sans bouger, pendant quelques jours. Puis nous lancerons Metoosin avec les chiens, s'il en reste, par l'autre vallée là-bas... et nous remonterons, en même temps, toi et moi, vers le sud, la vallée où nous sommes en ce moment. L'un de nous suivra les pentes, l'autre les creux et nous irons doucement... Tu as compris ? Ton grizzly ne quittera pas le pays... et Metoosin ne peut guère faire autrement que de le rabattre dans notre direction. Ce serait bien étonnant si l'un de nous ne le voyait pas d'assez près pour lui envoyer une balle.

— J'ai compris, dit Jim. Je me suis d'ailleurs fait une entorse et je ne serais pas mécontent de me soigner pendant quelques jours. »

À peine avait-il prononcé ces mots qu'un aboiement effrayé fit se dresser les deux chasseurs.

« Les chiens, chuchota Metoosin.

— Tu as raison, ce sont eux », dit Bruce.

Des branches craquèrent dans les buissons et, l'instant d'après, deux des chiens apparurent dans le rayonnement du feu.

Ils avancèrent en hésitant, se traînant presque sur le ventre, et, comme ils se couchaient aux pieds des chasseurs, un troisième chien et un quatrième les rejoignirent.

Ils ne ressemblaient en rien à ceux qui étaient partis le matin à la poursuite du grizzly. Leurs flancs étaient creux, ils étaient à bout de souffle, et ils se savaient vaincus.

Un cinquième chien sortit des ténèbres. Il boitait et traînait, déchirée, l'une de ses pattes de devant.

La tête et la gorge d'un autre étaient ensanglantées, et celui-là avait aussi perdu un œil.

Tous semblaient s'attendre à un châtiment.

« Nous avons échoué ! proclamait leur attitude. Nous sommes battus, et voilà tout ce qui reste de notre vaillante meute. »

Muets, Jim et Bruce les examinaient. Mais ils tendaient l'oreille, espérant encore...

À la fin, ils se regardèrent.

« Deux de plus de fichus ! » fit Jim.

Bruce s'en fut chercher les laisses.

En haut de son arbre, Muskwa tremblait de tous ses membres.

À quelques mètres de lui, il revoyait la horde aux crocs blancs qui avait pourchassé Tyr et l'avait forcé, lui, à se réfugier dans la crevasse du rocher.

Les hommes ne lui faisaient plus vraiment peur.

Ils n'avaient pas cherché à le faire souffrir. Mais les chiens étaient des monstres ! Ils avaient livré bataille à Tyr. Ils l'avaient contraint à fuir.

L'ourson s'était réfugié dans une fourche, à un mètre cinquante du sol, lorsque Metoosin passa près de son sapin en tenant un chien en laisse.

L'airedale aperçut Muskwa et bondit, arrachant la laisse des mains de l'Indien.

Son saut le porta presque jusqu'à la fourche.

Il allait recommencer à sauter quand Jim, avec un cri, se précipita et le saisit par le collier. Puis, l'ayant corrigé d'importance, il s'en fut l'attacher un peu plus loin.

Muskwa était plus étonné que jamais.

L'homme l'avait sauvé. Il avait fouetté le monstre à la gueule rouge et aux crocs blancs, et ordonné qu'on attachât tous les autres monstres à bonne distance du sapin.

Lorsque Jim revint, il s'arrêta près du sapin et parla de nouveau à l'ourson.

Celui-ci lui permit d'avancer la main sans tenter de la mordre.

Puis une sensation étrange et agréable le parcourut.

Tandis qu'il tournait un peu la tête, Langdon s'était mis à lui caresser le dos.

Jamais sa mère ne l'avait caressé si doucement, même du plat de sa patte.

Langdon caressa Muskwa pendant dix bonnes minutes.

L'ourson montra d'abord les dents, puis il se mit à ronronner.

Jim alors s'éloigna et revint un moment après avec une tranche de caribou.

Muskwa flaira la chair crue et, chose curieuse, recula.

Finalement, Jim déposa la tranche de caribou près du poêlon, au pied de l'arbre, et alla rejoindre Bruce, qui fumait sa pipe.

« D'ici deux jours, il me mangera dans la main », déclara-t-il.

Le camp ne tarda pas à devenir très calme.

Jim, Bruce et l'Indien s'enroulèrent dans leurs couvertures et s'endormirent presque aussitôt.

Le feu devint rouge sombre et bientôt il n'y eut plus qu'une seule bûche rougeoyante.

Un hibou fit entendre son ululement au plus profond de la futaie.

Le ronron de la vallée et de la montagne emplissait la nuit paisible.

Les étoiles étincelèrent, plus brillantes à mesure que la nuit avançait.

Il n'y avait plus rien à craindre maintenant. Tout dormait, sauf l'ourson à la frimousse brune.

Avec prudence, il se mit à descendre en étreignant le tronc.

Arrivé au pied du sapin, il lâcha prise... et faillit tomber dans le poêlon. Un peu de lait concentré lui sauta au museau.

Machinalement, il tira la langue et se mit à lécher ses babines.

Le liquide épais et sucré l'emplit d'un plaisir inattendu.

Pendant un quart d'heure, il se lécha. Puis, comme si le secret de cette délicieuse boisson venait seulement de lui être révélé, ses petits yeux brillants se fixèrent avec convoitise sur le poêlon.

Il s'en approcha, en fit le tour, tantôt d'un côté, tantôt de l'autre, tous les muscles du corps tendus. Il était prêt à bondir en arrière si cette chose ronde tentait de lui sauter dessus.

À la fin, son nez toucha le liquide épais et crémeux. Après quoi, Muskwa ne releva la tête que lorsqu'il eut lapé la dernière goutte.

Le lait concentré fut, en quelque sorte, son premier contact véritable avec la civilisation.

L'ourson savait que la main qui l'avait caressé avait aussi placé ce festin délicieux au pied de l'arbre, et que la même main lui avait offert de la viande.

Il ne mangea pas la viande, mais lécha l'intérieur du poêlon jusqu'à ce qu'il brillât comme un miroir à la lumière des étoiles.

Cependant, il avait toujours grande envie de s'échapper. Mais, cette fois, ses efforts furent moins frénétiques et plus raisonnés. L'expérience lui avait appris qu'il était inutile de tirer sur la corde. Il entreprit de la mâchonner.

S'il l'avait rongée toujours à la même place, il eût sans doute conquis sa liberté avant le matin. Mais il se reposait fréquemment, quand ses mâchoires se fatiguaient et, lorsqu'il se reprenait à mâchonner la corde, ce n'était plus au même endroit.

Vers minuit, les gencives en sang, il renonçait à cette besogne.

Blotti contre l'arbre, prêt à grimper au premier signe de danger, il attendit l'aube.

Il ne ferma pas l'œil une seconde. Bien qu'il fût un peu rassuré, il se sentait très seul.

Tyr lui manquait, et il se mit à gémir si doucement que, si l'un des dormeurs s'était par hasard éveillé, il ne l'eût pas entendu.

Avec quelle joie il eût accueilli Pipoonaskoos si ce dernier s'était risqué à l'intérieur du camp !

Le lendemain matin, Metoosin sortit le premier de ses couvertures.

Il alluma le feu, ce qui réveilla Bruce et Jim.

Après s'être habillé, Jim rendit visite à Muskwa, et

lorsqu'il vit le poêlon vide, il ne cacha pas sa satisfaction.

Muskwa avait vivement regagné la fourche de son arbre. Il se laissa pourtant caresser de nouveau.

Jim alla chercher une autre boîte de lait condensé et l'ouvrit devant Muskwa pour que celui-ci le vît verser le contenu de la boîte dans le poêlon.

Il lui mit alors le récipient sous le nez, et Muskwa ne put retenir sa langue devant le beau liquide crémeux. En moins de cinq minutes, il vida le poêlon toujours tenu par Jim. Mais, lorsque Bruce s'en vint contempler ce spectacle, l'ourson grinça des dents et gronda.

« Les ours s'apprivoisent admirablement, affirma Bruce un peu plus tard en savourant son petit déjeuner. Il te suivra partout comme un chien d'ici quelques jours, Jim. »

— Je commence déjà à l'aimer, répondit Jim. Mais qu'est-ce que tu avais commencé à me raconter un jour au sujet des ours de Jamson ?

— Jamson habitait dans le district de Kooteney, dit Bruce. Un véritable ermite, ce type-là. Il ne descendait de sa montagne que deux fois l'an, pour chercher des vivres.

« Il avait apprivoisé des grizzlys. Je lui en ai connu un de la taille de celui que nous poursuivons. Il l'avait capturé tout petit, et, quand je l'ai vu, il suivait Jamson comme un chien, quoiqu'il pesât plus de cinq cents kilos. Ils allaient à la chasse ensemble et dormaient côte à côte, près du même feu de camp. Jamson aimait les ours et jamais il n'en aurait tué un. »

Jim resta silencieux un moment. Puis il dit :

« Je commence à les aimer, moi aussi, Bruce... Je ne sais pas pourquoi, mais il y a quelque chose dans les ours qui vous force à les aimer ! Je n'en tuerai plus beaucoup, peut-être même plus du tout quand nous aurons eu la peau de ce massacreur de chiens... Ce sera vraisemblablement mon dernier ours ! »

Il serra les poings brusquement et ajouta d'un ton furieux :

« Quand je pense que la chasse n'est jamais fermée pour les ours sur toute l'étendue du Canada ! C'est une honte, Bruce. On les a classés parmi les animaux nuisibles et l'on peut les détruire en toute saison. Il est même permis de les sortir de leur tanière lorsqu'ils hibernent, de les en sortir avec leurs petits. Et j'ai osé participer à pareille horreur... Je pense parfois que c'est un crime de porter un fusil. Et, cependant, je continue à chasser.

— Nous avons ça dans le sang, fit Bruce sans s'émouvoir. Mais, qu'est-ce qui arrive à ton ourson ? »

Muskwa était tombé du mauvais côté de la fourche et pendait au bout de sa corde !

Jim courut à lui, le saisit hardiment de ses mains nues, le fit repasser par-dessus la fourche et le déposa sur le sol.

Muskwa ne grogna même pas.

Bruce et Metoosin furent absents du camp toute la journée.

Jim demeura seul pour soigner son genou qui avait heurté un rocher l'avant-veille.

Il passa presque tout son temps avec Muskwa. Il ouvrit une boîte de sirop d'érable et, vers midi, l'ourson le suivait autour de l'arbre, tirait sur la corde pour atteindre l'assiette. Enfin, Jim s'asseyait, et Muskwa grimpait sur ses genoux pour atteindre le sirop.

Un ourson ressemble fort à un bébé ordinaire. Il aime le lait, les sucreries, et se blottir contre les êtres qui lui témoignent de la bonté.

C'est l'animal le plus aimable et le plus affectueux qui soit, et il se montre si drôle qu'il déchaîne parfois la bonne humeur.

Plus d'une fois, ce jour-là, Jim éclata de rire devant les drôleries de Muskwa, au point que les larmes lui vinrent aux yeux.

L'ourson était fou de sirop d'érable.

Jamais sa mère ne lui avait fait goûter d'aussi bonnes choses. Ce sirop était même plus savoureux que les poissons pêchés par Tyr.

Tard dans l'après-midi, Jim détacha la corde et conduisit Muskwa en laisse jusqu'au ruisseau.

Il portait l'assiette de sirop et, de temps en temps, il s'arrêtait pour permettre à l'ourson d'y plonger la langue.

Au bout d'une demi-heure de ce manège, Jim lâcha

la corde et se dirigea vers le camp. Muskwa le suivit. C'était un succès !

Il était tard lorsque Metoosin rentra. Il fut étonné d'apprendre que Bruce n'était pas encore de retour.

L'obscurité tomba, Jim et l'Indien allumèrent le feu.

Une heure plus tard, comme ils finissaient de dîner, Bruce apparut, portant un fardeau sur ses épaules.

Il jeta ce fardeau au pied de l'arbre derrière lequel Muskwa s'était caché.

« Une peau comme du velours et de la viande pour les chiens, dit-il. Je l'ai eu au pistolet. »

Il s'assit et se mit à manger.

Au bout d'un certain temps, Muskwa s'approcha prudemment du corps qui gisait à quelques pas de lui.

Il le flaira, et un frisson étrange lui parcourut les membres. Il se mit à gémir doucement, en enfouissant son nez dans la fourrure encore chaude.

Puis, pendant un long moment, il resta silencieux.

Le fardeau que Bruce portait et qu'il avait jeté au pied de l'arbre n'était autre que le corps, sans vie, du petit Pipoonaskoos.

17

Face à face

Cette nuit-là, la grande solitude pesa de nouveau sur Muskwa. Bruce et Metoosin étaient si fatigués qu'ils se couchèrent de bonne heure.

Jim les imita, laissant le corps de Pipoonaskoos à l'endroit où Bruce l'avait jeté.

Muskwa avait à peine bougé depuis qu'il avait reconnu son ancien compagnon de jeux.

Il ignorait ce qu'était la mort, ce qu'elle signifiait. Et il s'imaginait que Pipoonaskoos ne tarderait pas à s'éveiller.

Il n'avait plus envie du tout de se battre avec lui.

De nouveau, la nuit fut très calme. Les étoiles fourmillaient dans le ciel, et le feu cessa de pétiller.

Mais Pipoonaskoos ne bougeait toujours pas.

Muskwa se mit à le flairer, à tirer sur ses poils soyeux et, ce faisant, il semblait dire :

« Je te promets de ne pas te mordre cette fois. Lève-toi et jouons. »

Pipoonaskoos gardait la même immobilité. Finalement, Muskwa abandonna l'espoir de le réveiller, se blottit contre lui et s'endormit.

Jim fut le premier à se lever le lendemain matin, et lorsqu'il vint voir comment Muskwa avait passé la nuit, il s'arrêta brusquement et demeura immobile pendant une minute.

Dans son sommeil, Muskwa s'était si étroitement serré contre Pipoonaskoos, qu'une patte de l'ourson mort lui entourait le cou.

Sans bruit, Jim alla réveiller Bruce, et, l'instant d'après, il revenait avec le guide qui se frottait encore les yeux.

Les deux hommes se regardèrent, émus.

« De la viande pour les chiens ! souffla Jim. Tu voulais faire de cet ourson de la viande pour les chiens, Bruce ! »

Jim ne dit rien d'autre, et les deux chasseurs n'échangèrent que de rares paroles au cours de l'heure suivante.

Pendant cette heure, Metoosin alla chercher Pipoonaskoos, et, au lieu de le dépouiller et de le jeter aux chiens, il le mit dans un trou creusé au bord du ruisseau, et le recouvrit de sable et de pierres.

Ce jour-là, Metoosin et Bruce partirent de nouveau dans la montagne.

Bruce avait rapporté de sa dernière expédition des morceaux de quartz contenant des traces d'or et il emportait, cette fois, de quoi entreprendre une vraie prospection.

Jim continua de faire l'éducation de Muskwa. À plusieurs reprises, il le conduisit près des chiens et, comme ces derniers grondaient en tirant sur leurs attaches, il les fouetta vigoureusement...

Intelligents, ils ne tardèrent pas à comprendre que Muskwa, bien que ce fût un ours, devait être respecté.

Dans l'après-midi de ce deuxième jour, Jim libéra l'ourson entièrement de sa corde et n'eut aucune difficulté à le rattraper chaque fois qu'il voulait le rattacher.

Le troisième et le quatrième jour, Bruce et l'Indien explorèrent la vallée à l'ouest de la chaîne de montagnes et en vinrent à cette conclusion que les traces d'or découvertes par eux ne les conduiraient pas à la fortune.

Le quatrième soir, comme il faisait froid et que le temps se gâtait un peu, Jim eut l'idée de faire coucher Muskwa près de lui.

Il s'attendait à quelque résistance. Mais Muskwa se laissa faire comme un chat et, une fois qu'il se fut bien niché, il ne bougea plus de la nuit.

À en croire Bruce, il était temps de reprendre la

poursuite de Tyr. Mais les chasseurs durent modifier leurs projets en raison du genou de Jim.

Celui-ci était incapable de parcourir plus de quatre cents mètres et encore en boitant bas. Il lui était donc impossible de suivre la chasse, même à cheval.

« Le grizzly ne perdra rien pour attendre, dit Bruce pour consoler Jim. Si on le laisse tranquille pendant quelques jours, il cessera d'être sur ses gardes ! »

Les trois jours qui suivirent procurèrent à Jim profit et plaisir.

Muskwa lui en apprit plus qu'il n'en avait jamais su sur le compte des ours et des oursons. Aussi ne cessait-il de prendre des notes.

Les chiens furent attachés à un bouquet d'arbres assez éloigné et Muskwa eut la liberté de se promener dans le camp.

Il ne fit aucune tentative pour s'enfuir et s'aperçut bientôt que Bruce et Metoosin étaient également ses amis.

Jim, cependant, était le seul qu'il consentait à suivre.

Le matin du huitième jour, Bruce et Metoosin s'engagèrent à cheval avec les chiens dans la vallée de l'est.

Bruce comptait rentrer au camp dans l'après-midi et remonter l'autre vallée avec Jim le lendemain matin.

Il faisait un temps superbe. Vers neuf heures, Jim attacha Muskwa à son arbre, sella un cheval et descendit au pas vers la vallée.

Il n'avait pas l'intention de chasser.

C'était une joie suffisante de chevaucher face au vent, de respirer à pleins poumons et de contempler les merveilles de la montagne.

Il parcourut quelques kilomètres vers le nord et atteignit une sorte de col.

L'envie lui prit de gravir cette pente et d'aller voir ce qui se passait dans l'autre vallée.

Comme son genou ne lui faisait pas trop mal, il arriva presque au sommet en une demi-heure.

À cet endroit, la pente devenait abrupte, Jim fut obligé de mettre pied à terre et de continuer à pied. Le col proprement dit était constitué par une prairie plate encaissée entre deux parois nues. Et, quatre cents mètres plus loin, Jim pouvait apercevoir l'endroit où la prairie redevenait pente et descendait vers l'autre vallée.

Au milieu de cette prairie se creusait une combe[1] qu'il n'avait pas vue tout d'abord. Lorsqu'il arriva au bord de cette combe, il se laissa tomber soudain sur ses mains et demeura immobile comme une statue.

Puis, lentement, il leva la tête.

À cent mètres, une trentaine de chèvres étaient rassemblées autour d'un trou d'eau.

Pendant une demi-heure, Jim, immobile, les observa.

Puis l'une des chèvres se dirigea vers le flanc de la montagne, une deuxième la suivit. Croyant que toute

---

1. Dépression, vallée profonde.

la bande était sur le point de s'en aller, Langdon se leva et courut vers le trou d'eau.

Pendant un moment, boucs, chèvres et chevreaux furent comme paralysés par son apparition. La plupart firent face et demeurèrent sur place, privés, semblait-il, de la force de fuir.

Jim avait couvert les trois quarts de la distance lorsque les chèvres reprirent leurs esprits. Ce fut une curieuse bousculade, à qui gagnerait la première le flanc de la plus proche montagne.

Les sabots ne tardèrent pas à résonner sur les éboulis rocheux et, pendant une demi-heure, Jim entendit décroître l'écho de cette fuite précipitée sur les pentes schisteuses.

Il continua d'avancer et, quelques instants plus tard, il pouvait enfin contempler l'autre vallée.

Mais la vue était bornée au sud par un large épaulement rocheux.

Cet épaulement n'était pas très élevé. Jim entreprit de le gravir.

Il était sur le point d'en atteindre le sommet lorsqu'il glissa sur une ardoise.

En tombant, il lâcha sa carabine, laquelle heurta avec fracas un bloc de granit.

Jim ne se fit pas de mal, mais sa carabine était en piètre état. La crosse était brisée près du magasin[1].

Comme il avait deux autres carabines au camp,

---

1. Partie de l'arme recevant l'approvisionnement en munitions.

cette mésaventure le laissa assez indifférent et il continua de gravir les rochers jusqu'à un grès du contrefort.

Cent pieds plus loin, l'encorbellement se terminait devant une muraille perpendiculaire.

De ce point, cependant, Jim avait une vue splendide sur le vaste territoire situé entre les deux chaînes.

Il s'assit, tira sa pipe et se mit, tout en soufflant des bouffées de fumée, à examiner le magnifique panorama qui se déroulait à ses pieds.

Avec ses jumelles il découvrit, à une certaine distance, une horde de caribous. Il surprit la réverbération du soleil sur les ailes de plusieurs perdrix.

Dans cette vallée, c'était le même doux murmure, le même chaud soleil que dans les autres vallées. Cependant, la vie n'y était pas la même.

Des ours hantaient les pentes qu'il distinguait vaguement à l'œil nu, là-bas, à l'ouest et au nord.

C'était un nouveau domaine avec d'autres promesses et un autre mystère. Et Jim, dans sa contemplation ravie, en oubliait le glissement du temps.

Il était si absorbé par ses pensées qu'il n'entendit point un bruit derrière lui.

Cependant, soudain, il tressaillit.

Il se retourna lentement et, l'instant d'après, son cœur cessa de battre, son sang se glaça dans ses veines.

Lui barrant la route, à moins de cinq mètres, la mâchoire ouverte, la tête agitée du balancement significatif, Tyr, le roi de la montagne, considérait son ennemi pris au piège.

Jim étreignit involontairement sa carabine fracassée... et comprit qu'il était perdu.

18

La miséricorde des forts

Un son rauque qui n'était pas même un cri ; ce fut tout ce que put produire la gorge de Jim quand celui-ci vit se dresser le grizzly monstrueux.

Sa première pensée fut la certitude de son impuissance, de son impuissance absolue.

Il ne pouvait même pas fuir, acculé qu'il était à la muraille rocheuse. Quant à sauter dans la vallée, cela eût représenté une chute de trente mètres. Oui, il était perdu.

Il s'en rendit nettement compte : il était face à face avec la mort, une mort aussi terrible que celle qui s'était abattue sur les chiens. Le temps qui lui restait à vivre pouvait désormais se chiffrer en secondes.

Pourtant, en ces ultimes moments, la terreur ne lui

fit pas perdre sa lucidité. Il distinguait jusqu'à la rougeur qui colorait les yeux altérés de vengeance du formidable fauve, la cicatrice qu'avait laissée l'une de ses balles en labourant la peau du crâne, et l'endroit dépourvu de poils où une autre balle avait pénétré dans l'épaule.

Jim comprit que Tyr l'avait suivi à la piste tout le long de la corniche et l'avait acculé dans cette impasse afin de lui rendre mesure pour mesure.

Le grizzly avança d'un pas. Puis, de ce mouvement lent et gracieux qui lui était particulier, il se dressa de toute sa hauteur. Même à cet instant, Langdon dut s'avouer que le grizzly était un animal magnifique.

Quant à lui, il ne bougea pas. Plutôt que d'être déchiqueté, il sauterait de la corniche, avec peut-être une chance sur mille de ne pas être tué dans sa chute. Peut-être aussi aurait-il une autre chance, celle de s'accrocher à une saillie.

Tyr, lui, était désorienté. Voilà que tout à coup, à l'improviste, il se trouvait en présence d'un homme, de celui qui, justement, lui avait donné la chasse et l'avait blessé. Cet homme était si près de lui qu'il n'avait qu'à étendre la patte pour le broyer. Et comme il paraissait faible et pâle maintenant !

Qu'étaient donc devenus son mystérieux tonnerre et ces éclairs qu'il savait si bien lancer ? Pourquoi gardait-il le silence ? Le dernier des chiens eût tenu tête plus hardiment ! Il aurait montré les dents et grondé. Il se serait battu !

Lentement, un grand doute se répandait dans le cerveau rudimentaire de Tyr. Était-ce vraiment cet être recroquevillé, inoffensif, épouvanté, qui l'avait blessé ?

Il sentait bien l'odeur de l'homme, odeur âcre déjà perçue à d'autres moments. Cette fois cependant aucune souffrance ne s'y associait.

Alors, toujours avec grâce, Tyr retomba sur ses pattes et regarda fixement Jim. Si ce dernier avait bougé, il était mort sans rémission. Mais Tyr n'était pas, comme l'homme, un spécialiste de la mort des autres. Une demi-minute encore, il attendit un mouvement menaçant, l'ombre seulement d'une menace.

Rien ! Le grizzly, étonné, flaira le sol, et Jim vit s'élever de petits nuages de poussière à l'endroit qu'atteignait le souffle fétide[1] de la bête. Pendant trente secondes encore, l'ours et l'homme se dévisagèrent.

Puis, toujours lentement, comme avec une hésitation, Tyr fit volte-face. Il grogna une dernière fois. Ses babines se retroussèrent encore un peu, sans conviction. Décidément, il ne voyait là aucun motif à bataille puisque ce nain blême, accroupi sur le roc, semblait incapable de lancer un défi.

Tyr disparut donc au tournant du contrefort, la tête basse, ses crocs acérés cliquetant au rythme de sa marche comme des castagnettes d'ivoire.

Alors Jim sentit qu'il respirait encore et que son cœur se remettait à battre. Il poussa un grand soupir,

---

1. Malodorant, répugnant.

comme un sanglot. Quand il se redressa, ses jambes le portaient à peine.

Il attendit, une, deux, trois minutes. Après quoi, il s'avança avec précaution jusqu'au tournant de la corniche, et ne vit plus que des rochers. Il redescendit donc jusqu'au col, sans cesser de se tenir sur ses gardes, la main crispée sur le canon de son fusil fracassé.

Parvenu à la lisière de la plaine, il se jeta derrière un gros rocher. À quelque trois cents mètres devant lui, Tyr s'éloignait au trot, sans hâte, et franchissait la crête de la dépression qui donnait accès à la vallée de l'est. Jim ne bougea que lorsqu'il vit l'ours disparaître à l'autre extrémité de l'entaille.

Quand il atteignit l'endroit où il avait attaché son cheval, Tyr n'était plus visible nulle part.

Mais Jim ne se sentit vraiment en sûreté que lorsqu'il eut sauté en selle. Alors, il se mit à rire, d'un rire à la fois nerveux, joyeux et tremblant. Et, tout en examinant la vallée avec soin, il bourra sa pipe.

« Satané vieil ours ! murmura-t-il avec émotion. Cette bête... cette bête sauvage a dans le cœur plus de générosité qu'un homme ! »

Et, plus bas encore :

« Car moi, si je l'avais coincé de cette façon, je lui aurais proprement fait son affaire... Mais toi, vieux grizzly, tu m'as laissé la vie ! »

Tout en trottant vers le campement, il sentait bien que cette aventure allait donner le dernier coup de pouce à la transformation qui s'opérait en lui. Oui, il avait rencontré le roi des montagnes, il s'était trouvé face à face avec lui et, d'instinct, la bête, celle même qu'il avait poursuivie et blessée, s'était montrée miséricordieuse[1].

Certes, Bruce ne comprendrait pas, ne pourrait pas comprendre. Mais en lui, Jim, ce jour et cette heure avaient si profondément gravé leur souvenir et leur sens, qu'il ne pourrait jamais les oublier. Aussi longtemps qu'il vivrait, il en était certain, jamais plus il n'attenterait à la vie de Tyr, ni à celle de ses semblables.

Arrivé au camp, il prépara son dîner et, tout en mangeant en compagnie de Muskwa, il arrêta de nouveaux plans pour les jours et les semaines à venir. Dès le lendemain, il enverrait Bruce rejoindre Metoosin, et c'en serait fini de la chasse au grand grizzly.

On pousserait jusqu'à la Skeena et même, si possible, jusqu'aux bords du Yukin. De là, on gagnerait l'est, le pays des caribous, qu'on pourrait atteindre dans les premiers jours de septembre. Puis, on reviendrait vers la civilisation par les prairies qui couvrent les flancs des montagnes Rocheuses. On emmènerait Muskwa et une fois revenus parmi les hommes et les villes, Jim et l'ourson deviendraient de grands amis. Jim ne se rendait pas compte, dans ce moment, de ce que cet exil pourrait signifier pour son petit protégé.

À deux heures, il rêvait encore à des randonnées

1. Qui pardonne facilement.

nouvelles à travers les territoires encore inexplorés du Nord, quand un son s'éleva au loin. Pendant quelques minutes, il n'y prêta pas attention. Ce bruit devait faire partie du bourdonnement incessant de la vallée. Mais, peu à peu, le bruit s'éleva au-dessus de tous les autres.

À la fin, Jim, qui était assis, adossé à un arbre, se leva et sortit du bois. Muskwa le suivit et, quand Jim s'arrêta, l'ourson s'arrêta lui aussi. Agitant ses petites oreilles, il tourna la tête vers le nord, direction d'où venait le son.

Longtemps, Jim demeura perplexe. Ses sens pouvaient l'abuser. Ce n'était pas l'aboiement des chiens. Bruce et Metoosin devaient se trouver encore loin vers le sud, avec la meute, tout au moins Metoosin, car Bruce pouvait être déjà sur le chemin du retour.

Très vite, le son se fit plus distinct. Alors Jim se dit : « Ce sont des aboiements ! » Les chiens remontaient la vallée. Pour quelle raison Bruce et Metoosin étaient-ils revenus vers le nord au lieu de poursuivre leur route vers le sud ?

La meute donnait de la voix. Les aboiements forcenés, endiablés, disaient qu'elle était de nouveau sur la piste. Jim eut un frémissement. Bruce n'avait pu lancer les chiens que sur les traces du grand grizzly !

Jim prêta encore un instant l'oreille. Puis, il courut au camp, attacha Muskwa à son arbre, prit un fusil et de nouveau sella son cheval. Cinq minutes plus tard, il galopait dans la direction des montagnes où, peu avant, Tyr lui avait accordé la vie.

19

Le dernier combat

Tyr entendit les chiens aboyer à moins de deux kilomètres. Pour deux raisons, il ne se sentait plus d'humeur à fuir devant eux comme quelques jours auparavant. Les chiens, il s'en moquait autant que des blaireaux et des loirs !

Ces bêtes-là, c'était plus fort de la gueule que des crocs. On les tuait comme des puces. Il ne se souciait guère plus de l'animal à deux pattes qui marchait derrière eux. Depuis qu'il s'était trouvé face à face avec l'un de ces animaux étranges, il méprisait leur faiblesse.

Par ailleurs, Tyr était pour le moment à la recherche d'Iskwao. Après avoir tué son dernier chien au crépuscule de ce jour fatal où il avait été si rudement poursuivi dans la montagne, Tyr avait agi contrairement à toutes les prévisions de Bruce.

Au lieu de continuer sa marche vers le sud, il avait fait un long détour vers le nord et, la troisième nuit après le combat et la disparition de Muskwa, il avait retrouvé Iskwao. C'était ce soir-là que Pipoonaskoos était mort et que Tyr avait entendu tonner le pistolet automatique du guide. Il avait cependant passé auprès d'Iskwao tout le jour suivant. Puis il était reparti.

C'était en la cherchant pour la troisième fois qu'il avait rencontré Jim, qu'il l'avait acculé sur la corniche. Et il n'avait pas encore retrouvé les traces d'Iskwao quand les aboiements des chiens lancés sur sa piste étaient parvenus jusqu'à lui.

Il voyageait vers le sud, ce qui le ramenait vers le camp des chasseurs. Il se maintenait sur les hautes pentes coupées d'échancrures et de petites prairies interrompues par de profondes coulées schisteuses ou, par endroits, par de sauvages entassements de rocs. Et il se tenait strictement sous le vent pour être sûr de ne pas laisser échapper les effluves d'Iskwao dès qu'il se rapprochait d'elle.

Ainsi, s'il entendait les aboiements des chiens, il ne distinguait pas leur odeur, pas plus que celle des deux hommes qui les suivaient à cheval. En tout autre temps, il eût employé sa tactique habituelle qui consistait à manœuvrer de façon à avoir le vent pour lui.

Mais dans son désir de retrouver Iskwao, il ne se souciait même plus de prudence. Les chiens n'étaient plus qu'à courte distance quand il s'arrêta soudain, renifla l'air pendant un instant, puis poussa vivement en avant jusqu'à un étroit ravin, d'où Iskwao venait de déboucher. Iskwao s'arrêta, flaira le nez de Tyr et reprit sa course ascensionnelle, les oreilles couchées, l'air revêche, la gorge toute grondante de menaces. Tyr la suivit en grondant plus fort encore. Il avait compris qu'elle fuyait devant les chiens. Alors, il fut envahi par une rage mortelle.

Au bout d'une heure d'ascension, Tyr était dans les plus mauvaises dispositions. C'était d'habitude un rude combattant. Et les chiens en avaient fait l'expérience, quand ils le poursuivaient la semaine précédente. Mais, quand un péril menaçait Iskwao, le grizzly devenait un démon.

Il se laissa progressivement distancer par Iskwao et, à deux reprises, il se retourna. Ses crocs étincelaient sous les babines retroussées, et ses rugissements de défi roulaient comme un tonnerre vers la meute de ses ennemis.

Quand il sortit de la coulée, il se trouva dans l'ombre du pic. Iskwao avait disparu.

Elle s'était réfugiée au milieu d'un chaos de rochers et de débris sablonneux de grès désagrégé. La crête n'était plus qu'à quelque trois cents mètres au-dessus de Tyr. Celui-ci examina la situation : Iskwao était à l'abri et lui-même se trouvait en bonne position de combat.

Les chiens approchaient. Ils étaient parvenus à la fin

de la coulée et aboyaient à pleine gorge. Tyr fit volte-face et les attendit de pied ferme.

Au sud et à cinq cents mètres, Jim l'observait à la jumelle. Presque au même instant, il vit les chiens apparaître à la sortie de la coulée. Sur son cheval, il avait à moitié gravi la montagne, puis, mettant pied à terre, il avait continué de monter et se trouvait maintenant sur un sentier de chèvres, à la même altitude que Tyr.

Il n'eut pas à chercher beaucoup pour découvrir Bruce et l'Indien, qui mettaient pied à terre au bas de la coulée.

Il les vit s'y jeter à la hâte et disparaître. Alors Jim orienta de nouveau sa jumelle vers Tyr.

Cette fois, les chiens étaient sur le grizzly, et le chasseur savait bien que Tyr ne réussirait pas à les tuer en terrain découvert. C'est alors que, jetant un regard dans les amas de rochers qui se trouvaient plus haut encore, il vit remuer quelque chose. Un cri contenu s'échappa de ses lèvres. Il avait compris ce qui se passait en apercevant Iskwao qui poursuivait sans arrêt l'ascension du pic déchiqueté.

Il était clair que ce deuxième grizzly était le protégé de Tyr, puisque celui-ci, le grizzly géant, s'était arrêté pour couvrir sa retraite. Tyr n'avait aucune chance de s'en tirer si les chiens réussissaient à le retenir pendant quelque dix ou quinze minutes. Alors Bruce et Metoosin auraient le temps d'arriver sur les lieux du com-

bat et pourraient ajuster l'ours à moins de cent cinquante mètres.

Jim rengaina sa jumelle et se mit à courir le long du sentier. Pendant deux cents mètres, il progressa sans peine. Mais vint un moment où le sentier se divisa en une quantité de petites pistes sur une pente de schiste glissant. Il lui fallut de longues minutes pour parcourir cinquante mètres. Le terrain était de plus en plus difficile.

Cependant, Jim, haletant, continuait à courir. Pendant cinq minutes encore, une arête de rochers lui cacha Tyr et les chiens. L'arête franchie, il se lança dans la pente à pleine course, mais il fut définitivement arrêté par un ravin à pic, à portée de voix de l'endroit où Tyr, adossé aux rochers, tenait tête à la meute.

Et, tout en s'efforçant de retrouver sa respiration, Jim croyait sans cesse voir surgir Bruce et Metoosin. Mais, même s'il parvenait à se faire entendre, lui serait-il possible de se faire comprendre ? Bruce ne devinerait jamais que Jim avait décidé d'épargner une bête qu'ils avaient chassée ensemble depuis près de deux semaines.

Tyr avait refoulé les chiens vers la coulée lorsque Langdon se laissa tomber derrière un rocher. Il n'y avait désormais qu'un seul moyen de sauver le grizzly, en admettant qu'il ne fût pas trop tard.

La meute ayant un peu reculé sur la pente, ce fut donc la meute que Jim ajusta. Il n'avait qu'une alternative : sacrifier ses chiens, ou laisser mourir le grizzly, le jour même où Tyr lui avait accordé la vie ! Aussi fut-ce sans hésitation qu'il pressa sur la détente.

Sa première balle ne fit que soulever un peu de poussière à cinq mètres devant les airedales. Jim tira de nouveau... et manqua encore. Au troisième coup, la détonation fut suivie d'un cri aigu de douleur que Jim ne put entendre, mais il vit un des chiens rouler sur la pente.

Les détonations n'avaient pas ému Tyr. Cependant, quand il constata que l'un de ses ennemis dégringolait la pente de la montagne, il se tourna lentement vers l'abri des rochers et battit en retraite. Un quatrième et un cinquième coup suivirent, après quoi les chiens s'enfuirent en hurlant vers la coulée. L'un d'eux boitait, atteint à une patte de devant.

Jim bondit sur le rocher qui lui avait servi de point d'appui pour tirer, et ses yeux fouillèrent la crête de la montagne. Iskwao avait atteint le sommet. Elle s'arrêta un instant pour regarder derrière elle. Puis elle disparut.

Maintenant, Tyr n'était plus visible. Il était parti rejoindre Iskwao. Il n'y avait pas deux minutes qu'il avait disparu quand Bruce et Metoosin escaladèrent le bord de la coulée. Langdon se mit à crier en brandissant son fusil et en leur montrant le pied de la montagne.

Bruce et Metoosin furent pris à cette ruse, en dépit des aboiements que les chiens faisaient encore entendre autour des rochers entre lesquels Tyr avait disparu. Ils se dirent que leur compagnon de chasse était bien placé pour suivre les mouvements de l'ours et qu'il le voyait filer vers la vallée. Ils descendirent encore une centaine de mètres, puis s'arrêtèrent et consultèrent Jim du regard pour savoir ce qu'ils devaient faire.

De son rocher, Jim observait la crête que Tyr était justement en train de franchir. L'ours s'arrêta un moment, comme avait fait Iskwao, et jeta un dernier regard à l'homme. Quand Jim le vit disparaître définitivement, il agita son chapeau en criant :

« Bonne chance, mon vieux, bonne chance ! »

20

Adieu, Muskwa !

Cette nuit-là, Jim et Bruce mirent au point de nouveaux plans. Quant à Metoosin, il restait assis à l'écart, fumant sa pipe en silence. De temps en temps, l'Indien jetait un regard à Jim, comme s'il lui était impossible d'admettre ce qui s'était passé au cours de l'après-midi.

Par la suite, il lui arriva bien souvent de raconter à ses enfants, à ses petits-enfants et à ses amis des tribus qui vivent sous la tente, comment il avait un jour chassé avec un Blanc qui avait tiré sur ses propres chiens pour sauver un grizzly.

Ce Jim-là n'était plus le Jim que l'Indien avait toujours connu. Après cette chasse décevante, Metoosin était résolu à ne plus en entreprendre d'autres avec un semblable compagnon. De toute évidence, Jim avait perdu la tête. Ce n'était pas ainsi qu'agissaient les gens sensés.

Le Grand Esprit avait enlevé le cœur de ce Blanc et l'avait donné au grizzly. Aussi, par-dessus sa pipe, Metoosin ne cessait-il d'observer Jim.

Et ses soupçons se confirmèrent quand il vit Bruce et Jim confectionner une cage à l'aide d'un panier en cuir. Il en conclut que l'ourson les accompagnerait tout le long du voyage. Il ne pouvait donc plus en douter : Jim était pour le moins « singulier » et il n'y avait rien de bon à attendre de ce genre de singularité !

Le lendemain matin, tout était prêt dès l'aube pour une longue randonnée dans le Nord. Bruce et Jim partirent en tête, se dirigeant, après avoir franchi la montagne, vers la vallée où, pour la première fois, ils avaient rencontré Tyr. Les chevaux de bât formaient en arrière-garde une file pittoresque. Metoosin fermait la marche. Muskwa voyageait dans son panier.

Jim était enchanté.

« C'est la plus belle chasse de ma vie, dit-il à Bruce. Jamais je ne me repentirai d'avoir accordé la vie à ce grizzly.

— C'est toi le maître, répondit Bruce. Mais, si j'avais été à ta place, la peau du grizzly voyagerait en ce moment sur mon cheval. Et je l'aurais vendue au moins cent dollars !

— Oui, mais, vivant, il vaut, à mes yeux, encore beaucoup plus cher ! » répliqua Jim.

Sur cette parole énigmatique, il fit demi-tour pour voir si Muskwa s'accommodait du voyage.

Le malheureux ourson tanguait et roulait dans son panier comme un touriste novice dans le palanquin[1] d'un éléphant. Jim le regarda un instant, après quoi il rejoignit Bruce. Pendant les trois heures qui suivirent, il alla plus de six fois voir Muskwa et, chaque fois qu'il rejoignait Bruce, il restait silencieux comme un homme qui se trouve placé devant de graves problèmes de conscience.

Il était neuf heures quand les chasseurs atteignirent l'extrémité de la vallée qui formait le domaine de Tyr. Une montagne la fermait, cette vallée, et le ruisseau que côtoyait la petite caravane obliquait à l'ouest et s'enfonçait dans un étroit défilé.

À l'est, s'élevait une pente verdoyante et ondulée d'accès facile pour les chevaux et qui les mènerait à une nouvelle vallée, orientée celle-là vers le Driftwood. C'est cet itinéraire que choisit Langdon.

À mi-côte, les voyageurs s'arrêtèrent pour faire souffler leurs montures. Dans sa prison de cuir, Muskwa poussait des gémissements. Langdon feignait de ne pas l'entendre. Ses regards se reportaient constamment à la vallée qu'il venait de parcourir, avec ses compagnons.

Qu'elle était belle et glorieuse, cette vallée, sous le soleil du matin ! Jim voyait les pics au pied desquels

1. Abri léger posé sur le dos des éléphants dans les pays orientaux.

dormait le lac frais et sombre où avait pêché le grand Tyr.

Sur des kilomètres et des kilomètres, les pentes étaient comme un tapis de velours vert. Et, pendant sa contemplation, Jim entendit encore le bourdonnement particulier au royaume de Tyr.

C'était pour lui comme un hymne étrange, un hymne de joie s'élevant à l'occasion du départ de l'homme blanc qui laissait, derrière lui, la nature telle qu'il l'avait trouvée.

Mais en était-il bien ainsi ? Ses oreilles ne distinguaient-elles pas, dans cet hymne de la montagne, des accents de tristesse et de reproche, une prière plaintive ?

Et voilà qu'à son côté, Muskwa se reprenait à gémir ! Alors, Jim se retourna vers Bruce :

« Allons, c'est décidé ! fit-il d'un ton sans réplique. J'ai lutté toute la matinée contre moi-même pour prendre cette résolution. Elle est prise. Avec Metoosin, tu te remettras en route quand les chevaux seront reposés. Moi, je reviendrai sur mes pas et, à quelques kilomètres d'ici, je mettrai cet ourson en liberté et j'espère qu'il retrouvera le chemin de son gîte. »

Bruce comprit que toute discussion était inutile. Jim prit Muskwa dans ses bras et s'en revint vers le sud. À deux kilomètres de là, il se trouva une large prairie semée de débris de sapin et de frêne, et toute parfumée de fleurs. Il mit pied à terre.

Pendant dix minutes, il resta assis dans l'herbe,

Muskwa près de lui. Il avait tiré de sa poche un petit sac de papier et il donna à son petit ami les derniers morceaux de sucre que la civilisation sans doute lui offrirait jamais. Quelque chose se gonfla dans sa gorge, quand il sentit le museau velouté de l'ourson lui chatouiller le creux de la main.

Quand il se leva et se remit en selle, une buée brûlante lui obscurcissait les yeux. Il voulut rire. Tout cela n'était-il pas faiblesse de sa part ? Mais il aimait Muskwa et il sentait qu'il laissait plus qu'un ami dans cette vallée...

« Adieu, petit, dit-il d'une voix qui s'étranglait. Adieu, petit rageur ! Je reviendrai peut-être un jour te voir. Tu seras alors un grand diable d'ours, mauvais comme une gale. Mais je ne te tirerai pas... jamais... jamais ! »

Il se hâta vers le nord. À trois cents mètres, il se retourna. Muskwa essayait de le suivre, mais il perdait du terrain. Jim agita la main.

« Adieu ! Adieu ! » cria-t-il.

Une demi-heure plus tard, au sommet de la pente, il se retourna de nouveau et se servit cette fois de ses jumelles. Muskwa n'était plus au loin qu'une petite tache noire. L'ourson s'était arrêté et attendait avec confiance le retour de son ami.

Alors, essayant encore de rire, mais bien inutilement, Jim franchit la crête et sortit à jamais de la vie de Muskwa.

21

Muskwa à la recherche de son ami

Muskwa suivit longtemps la piste de Jim. Au début, il courut. Puis il marcha. Enfin, il s'arrêta et s'assit sur son arrière-train, comme un chien, les yeux fixés sur la pente lointaine.

Si Jim avait été à pied, Muskwa ne se fût pas arrêté avant que de se sentir lui-même à bout de forces. Mais l'ourson avait souffert dans sa prison de cuir. Il y avait été cahoté et bousculé. Deux fois, le cheval qui le portait s'était ébranlé, et Muskwa avait eu l'impression de subir deux tremblements de terre.

Or, il savait que la cage, de même que Jim, était partie en avant. C'est pourquoi il s'assit, gémit et décida de ne plus bouger.

Il était sûr que Jim, cet ami pour lequel son amour

avait grandi en même temps qu'il grandissait lui-même, ne serait pas long à revenir. Toujours Jim revenait. Jim n'avait jamais trompé Muskwa.

L'ourson se mit donc à chercher des plantes et des racines, attentif à ne pas trop s'éloigner de l'endroit où était passée la petite caravane. Toute la journée, il resta dans cette prairie semée de fleurs où l'on trouvait à chaque pas des racines succulentes.

Il fouissait, se gavait et finit par faire, dans l'après-midi, un petit somme. Mais, quand le soleil déclina et que les ombres puissantes s'allongèrent sur la plaine, il commença d'avoir peur. Ce n'était encore qu'un petit ourson, et il n'avait jamais passé qu'une journée entière tout seul, celle qui avait suivi la nuit où sa mère était morte.

Tyr était venu lui tenir lieu de mère. Puis Jim avait succédé à Tyr. De sorte que, jusque-là, l'ourson n'avait jamais senti la solitude et le vide de la nuit. Il rampa jusque sous un buisson d'épines à proximité de la piste et continua d'attendre, d'écouter et de renifler avec inquiétude.

Claires et brillantes, les étoiles apparurent. Mais cette nuit-là, leur charme ne fut pas assez fort pour attirer Muskwa hors de son abri. Ce ne fut qu'à l'aurore qu'il sortit, et non sans précaution.

Le soleil lui rendit courage et confiance, et il se mit à errer par la vallée. La senteur des traces des chevaux se faisait de plus en plus faible. Puis, elle se dissipa entièrement. Pendant toute la journée, Muskwa mangea un peu de gazon et quelques racines. Quand vint le deuxième soir il se trouva sur la pente où la caravane de Jim s'était engagée, c'est-à-dire dans la vallée formant le royaume de Tyr et d'Iskwao.

Fatigué, affamé, il se sentait entièrement perdu. Il dormit dans un arbre creux. Au matin, il repartit, et c'est ainsi qu'il passa beaucoup de jours et de nuits tout seul dans cette vallée. Un jour, il longea la mare où, avec Tyr, il avait rencontré le vieil ours.

Il parcourut les bords du grand lac noir et profond, et vit des ombres flotter dans la lueur incertaine de la forêt. Il franchit la digue des castors et passa deux nuits près de l'amas de rondins où il avait vu Tyr pêcher un premier poisson.

Désormais, le souvenir de Jim s'estompait, s'obscurcissait constamment dans sa mémoire, tandis qu'il pensait de plus en plus à Tyr et à sa mère. Il désirait leur présence. Elle lui manquait bien plus que ne lui avait manqué la compagnie de l'homme, car, très vite, Muskwa retournait à la vie sauvage.

Au début d'août, il atteignit l'entaille de la vallée et gravit la pente où Tyr avait pour la première fois entendu et ressenti la morsure des fusils employés par les hommes. Pendant ces deux semaines, l'ourson avait grandi, bien qu'il se fût souvent couché l'estomac vide, et les ténèbres ne l'effrayaient plus.

À travers le défilé profond où ne pénétrait pas le soleil, il allait et, comme il n'y avait pas deux chemins pour sortir de la vallée, il se trouva bientôt au sommet de la brèche par laquelle Tyr s'était enfui, poursuivi par Jim et Bruce. Et l'autre vallée – la sienne – se déploya sous ses yeux.

Naturellement, il ne pouvait pas la reconnaître. Il n'y vit et n'y flaira rien qui lui fût familier. Mais c'était une si belle vallée, si pleine de nourriture et de soleil, qu'il ne se contenta pas de la traverser. Il y resta trois jours.

Ce fut là que, pour la première fois, il tua, par ses propres moyens. Il tomba tout à coup sur un petit *whistler*[1] et, avant que la bestiole pût s'enfuir, il la saisit. Ce fut un repas mémorable.

Une semaine s'écoula avant qu'il passât près de la crique qui se trouvait sous l'escarpement où sa mère était morte. S'il eût voyagé plus haut, près de la crête, il eût rencontré les ossements maternels complètement dépouillés par les bêtes sauvages.

Au bout d'une deuxième semaine, il retrouva la petite prairie où Tyr avait tué le caribou et le grand ours noir. *Alors il comprit qu'il avait recouvré*[2] *enfin son chez-lui.*

Deux jours entiers, il resta sur ce lieu de fête et de bataille. Nuit et jour, il attendait Tyr. Il lui fallut tout de même s'éloigner pour trouver sa nourriture. Mais, chaque après-midi, quand l'ombre des montagnes commençait à s'allonger, il revenait au bouquet

---

1. Marmotte des montagnes Rocheuses, émettant une sorte de sifflement plaintif (de *whistle* : siffler en anglais).
2. Récupérer.

d'arbres où Tyr avait caché le caribou, cachette violée plus tard par l'ours noir.

Un jour, sa chasse aux racines l'entraîna plus loin qu'à l'ordinaire. Il était bien à six cents mètres de son domicile et reniflait un coin de rocher, quand une grande ombre l'enveloppa. Il leva les yeux et, pendant une demi-minute, resta comme pétrifié, le cœur battant à se rompre.

Tyr était à deux pas ! Le grizzly géant restait aussi immobile que l'ourson. Enfin, Muskwa poussa un petit gémissement de joie et courut vers Tyr : celui-ci abaissa sa grosse tête et, pendant une minute encore, ils restèrent immobiles, le museau de Tyr enfoui dans la fourrure de Muskwa.

Puis Tyr se remit à gravir la pente comme si jamais l'ourson n'avait été séparé de lui, et Muskwa le suivit avec joie.

Alors, ce furent de longs jours de voyage et de festins magnifiques. Tyr conduisait Muskwa dans tous les coins des deux vallées et des montagnes voisines. Oh ! les belles parties de pêche ! On tua aussi un caribou. Muskwa devenait chaque jour plus gros et plus lourd. Si bien qu'à la mi-septembre, il était déjà de la taille d'un grand chien.

Septembre était l'époque des baies. Tyr savait où on les trouve dans les vallées : framboises sauvages, baies de savonnier[1], cassis délicieux qui mûrissent dans les

1. Arbre exotique (dont les fruits sont riches en saponine, substance sucrée qui mousse comme du savon).

profondeurs des forêts et qui étaient aussi gros que des cerises et presque aussi doux que le sucre de Jim. Ces cassis, passion de Muskwa, poussaient en buissons épais et abondants, chargés de baies.

Le temps passa et les baies disparurent. On était déjà en octobre. Les nuits devinrent très froides, et des jours entiers s'écoulèrent sans qu'on revît le soleil briller dans un ciel sombre, lourd de nuages. Sur les pics, la neige s'amassait en couches toujours plus épaisses et permanentes au voisinage des crêtes.

Puis elle tomba jusque dans les vallées. Ce ne fut d'abord qu'un tapis blanc qui fit frissonner Muskwa, mais disparut bientôt. Des vents rudes descendirent du nord. Au doux bourdonnement estival de la vallée succédèrent des gémissements et de rauques cris nocturnes. Des chants tristes s'élevaient des arbres. Muskwa trouva le monde transformé.

En ces jours glacés et sombres, il se demandait pourquoi Tyr restait sur ces pentes balayées par les vents, alors qu'on eût trouvé plus bas de bons abris. Mais Tyr aurait pu lui expliquer que l'hiver, désormais, était proche et que ces pentes exposées restaient le seul terrain où ils pussent être assurés de leur nourriture.

Plus de baies, dans les vallées. L'herbe et les racines n'y contenaient plus guère de sucs nourrissants. C'eût été aussi perdre du temps que d'y chercher des fourmis et des larves. Quant aux poissons, au lieu de venir sauter à la surface des lacs, ils se tenaient en eau profonde.

C'était la saison où les caribous ont autant de flair que les renards, et où ils filent comme le vent.

Les seuls repas sur lesquels on pouvait compter se composaient de quelques misérables rongeurs que Tyr devait attraper en fouissant le sol, travail où Muskwa l'aidait dans la faible mesure de ses forces. Il leur arriva plus d'une fois de retourner plusieurs mètres cubes de terre avant de parvenir à un terrier. Ils creusaient pendant des heures pour s'emparer, en tout et pour tout, de trois ou quatre rongeurs gros comme des écureuils, mais, en revanche, gras à point.

Ils vécurent ainsi les derniers jours d'octobre et les premiers jours de novembre. Alors, la neige, les vents glacés et les furieuses tempêtes du nord s'en donnèrent à cœur joie. Mares et lacs commençaient à se recouvrir d'une couche glacée. Mais Tyr s'obstinait à rester au flanc de la montagne. Muskwa grelottait dans les nuits froides et se demandait si le soleil n'était pas à jamais disparu.

Un jour, vers la mi-novembre, Tyr s'arrêta soudain, alors qu'il était en train de fouir la terre. Et il partit vers le sud avec un air affairé. Le défilé était à plus de quinze kilomètres. Mais le grizzly menait un train si vif et si soutenu qu'il y parvint avec son petit compagnon avant la nuit, dans le même après-midi.

Pendant les deux jours qui suivirent, Tyr ne parut plus avoir aucun but dans la vie. Il n'y avait rien à manger dans ce défilé. Le grizzly errait dans les rochers, flairant, écoutant et se conduisant, en somme, d'une façon incompréhensible.

L'après-midi du deuxième jour, Tyr s'arrêta dans un bouquet de pins où le sol était jonché d'aiguilles tombées, qu'il se mit à manger. Muskwa trouvait cette nourriture assez mauvaise. Mais quelque chose l'incitait à imiter Tyr. Alors il attrapa avec sa langue ces aiguilles désagréables et il les avala, sans se douter que la nature prépare ainsi les ours au long sommeil de l'hiver.

À quatre heures, ils parvinrent ensemble à l'entrée de la caverne où Tyr était né. Là encore, le grizzly s'arrêta, flairant le vent en tous sens, attendant on ne sait quoi. Le jour s'assombrissait. Une tempête hurlante s'abattait sur le défilé. Des rafales cinglantes tombaient du haut des pics. Le ciel était noir, plein de neige.

Durant une minute, le grizzly resta immobile, à demi engagé dans l'orifice de la caverne, puis il entra, suivi de Muskwa. Ils s'enfoncèrent sous la terre, plus bas, toujours plus bas, dans les ténèbres épaisses, tandis que l'air devenait de plus en plus chaud et que la plainte du vent mourait au loin. Bientôt cette plainte ne fut plus qu'un murmure.

Tyr mit une demi-heure avant de se placer convenablement pour dormir.

Alors Muskwa se coucha en rond à côté, tout pénétré de bonne chaleur et avec un grand sentiment de bien-être.

Ce fut une nuit de tempête furieuse et la neige tomba en abondance. Elle venait sur le défilé en nuages qui apportaient sans répit d'autres nuages plus denses, et le monde se trouva comme enseveli. Au matin, il n'y avait plus de rocs, plus d'entrée de caverne, plus de buissons, plus de noir ni de rouge sur les arbres, plus un murmure montant de la vallée. Tout était blanc, immobile et silencieux.

Au fond de la caverne, Muskwa s'agitait sans répit. Tyr poussa un grand soupir, et tous deux s'endormirent d'un long et profond sommeil. Peut-être bien qu'ils firent des rêves...

Quelques dates dans la vie et l'œuvre de James Oliver Curwood

1878 : 12 juin : naissance de James Oliver Curwood à Owosso, petite ville située au Nord-Est des États-Unis, dans le Michigan. Son père, James Moran Curwood, est cordonnier. James Oliver a un grand-oncle paternel, le capitaine Marryat, qui écrivait des romans d'aventures ; et il a, du côté maternel, une princesse mohawk pour aïeule.

1884 : La famille déménage et s'installe dans une ferme à Erie County, dans l'Ohio. Comme la maison est située au milieu des bois, James Oliver devient un chasseur précoce. Il participe également au travail de la ferme, et dira plus tard que cette expérience contribua à lui forger le caractère.

1887 : Il commence à écrire des histoires dès l'âge de neuf ans.

1891 : La famille repart pour Owosso. James a treize ans. Il se fera exclure du lycée à cause de fugues répétées, et ne pourra pas achever normalement sa scolarité.

1898 : Il réussit néanmoins le concours d'entrée à l'Université du Michigan, où il étudie le journalisme. Il a dû se faire trappeur près du lac Michigan pour gagner de quoi entrer à l'université.

1900 : James quitte l'université pour entrer comme reporter au *Detroit News-Tribune*. Il est payé huit dollars par semaine pour couvrir la rubrique nécrologique (concernant les décès). Mais il se fait renvoyer six mois plus tard pour s'être trompé de nom dans une affaire de voyeurisme ! Il travaille alors dans une entreprise pharmaceutique.

Il se marie avec Cora Leon Johnson, avec qui il aura deux filles : Carlotta et Viola.

1902 : Il est réembauché par le *Detroit News-Tribune*, pour dix-huit dollars par semaine cette fois. Il y restera cinq ans, gravissant les échelons jusqu'à devenir rédacteur en chef.

1907 : Curwood abandonne le journalisme pour pouvoir se consacrer entièrement à sa vocation de romancier.

1908 : Il publie *Les Chasseurs de loups*, roman qui retrace les aventures de deux amis sur le périlleux territoire des loups et des Indiens Woongas.

Curwood divorce d'avec sa femme Cora; elle a la garde des enfants, mais Carlotta vit avec son père.

1909 : Il épouse Ethel Greenwood, qui lui donnera un fils, James Junior.

Curwood entreprend son premier grand voyage dans le Grand Nord canadien. Pendant dix-huit ans, il explorera la nature sauvage de la région. Nommé officiellement explorateur par le gouvernement canadien, l'auteur vit et écrit six mois par an au cœur de la forêt, dans des cabanes en bois qu'il construit parfois lui-même.

Il publie *Les Chasseurs d'or*

1910 : Publication de *La Piste dangereuse.*

1911 : Curwood publie *L'Honneur des Grandes Neiges.*

1913 : Publication de *Les Cœurs les plus farouches.*

1914 : Parution de *Kazan*, son roman le plus célèbre, histoire d'un chien loup qui doit choisir entre la liberté et la fidélité aux hommes que lui impose sa double nature.

1916 : Si Curwood est un contemplateur de la nature, il est également chasseur. Lors d'une chasse dans les montagnes Rocheuses, il aperçoit un ours gigantesque qu'il nomme Thor. À trois reprises en trois semaines, il tente en vain de le tuer. Un jour, l'écrivain se trouve face à face avec la bête, mais il fait une chute et casse son fusil. Thor se contente alors de se mettre debout sur ses pattes, et passe son chemin. Consécutivement, Curwood abandonne la chasse et devient un fervent défenseur de la cause animale. Cette aventure lui inspire un de ses plus grands succès de librairie : *Le grizzly.*

L'ours de Jean-Jacques Annaud (1989) est une adaptation cinématographique de ce roman.

1917 : Publication de *Bari*, *chien loup*, une suite donnée à Kazan.

1918 : Parution de *Nomades du nord*, roman qui relate les péripéties de Miki le chien et Nioua l'ourson dans le Grand Nord canadien.

1920 : Publication de *La Vallée du silence*, ou comment Jim Kent cherche à refaire sa vie dans la vallée du silence.

1921 : *Le Piège d'or.*

1927 : Il devient membre du comité de conservation du Michigan chargé, déjà, de la protection de l'environnement.

13 août : Curwood meurt prématurément à l'âge de quarante-neuf ans. Il a publié plus de trente livres de son vivant. Il est enterré à Owosso, au cimetière de la Colline au chêne.

1930 : Son autobiographie inachevée paraît sous le titre : *Le Fils des forêts*.

TABLE

« Pour l'éditeur, le principe est d'utiliser des papiers composés de fibres naturelles, renouvelables, recyclables et fabriquées à partir de bois issus de forêts qui adoptent un système d'aménagement durable. En outre, l'éditeur attend de ses fournisseurs de papier qu'ils s'inscrivent dans une démarche de certification environnementale reconnue. »

Composition JOUVE – 53100 Mayenne
N° 329665y
Imprimé en Espagne par BLACK PRINT CPI IBERICA S.L.
32.04.2739.4/04- ISBN : 978-2-01-322739-1
Loi n° 49-956 du 16 juillet 1949 sur les publications destinées à la jeunesse
Dépôt légal : juillet 2013